小狸日語
觀念文法書

暢銷新版：最大量的句型彙整、文法辨析練習、音檔
強化記憶，帶你從N5、N4到N3，直擊文法核心概念

附全書學習音檔Podcast

作者 ❀ Hikky
王心怡
小狸日語
創辦人

審訂 ❀ **賴怡眞** 九州大學中文講師
関口直美 日語講師

推薦序

日語學習者的入門良伴

　　本書涵蓋了日語主要的三種實詞與一種虛詞，以及其相關的各種重要語法概念，例如動詞的語態（voice）、體貌（aspect）、時態（tense）等，也大致囊括了日語形態學（例如動詞活用變化）、句法學（助詞及詞序、句型）、語義學（各種實詞與活用的具有何種意義）、語用學（敬語）的一些基本介紹。使得整本書有如初級日語教科書＋日文能力考試對策＋日語語法學入門的合體。

　　不僅是日語學習者，我們在學習外語時，對於什麼叫做名詞？什麼叫做副詞？這些基礎觀念經常弄不清楚。什麼是現在進行？什麼是完成？更是容易一頭霧水。本書以淺顯易懂的文字解釋這些語法上的重要概念，帶領日語學習者學習。只要能理解，其實就能幫助我們學習外語時大量減少記憶的負擔。

　　目前坊間較少看到以此類型，設計給 N3 以下學習者的綜合日語核心觀念教科書，對於想要自學日語、溫習初級文法、正考慮接受日語能力考試，或是想更進一步了解日語結構的學習者而言，此書會是你們的入門良伴。

葉秉杰　國立政治大學日本語文學系副教授兼系主任

作者序

帶你在日語學習路上一路領先，無往不利

自上本著作《日語 50 音完全自學手冊》問世後，許多讀者來信詢問是否還有下一本銜接的書籍？除了回應讀者需求，我亦期望自己寫一本幫助日語學習者建立日語文法觀念的書，感謝布克文化讓我實現了這個夢想。

看似簡單的「は和が」，曾讓我在論文撰寫時受挫，因而痛下決心閱讀許多相關的專業書籍，甚至做了上千道題目，終於彙整出一套區分法；「自他動詞」在學生時代初接觸時真是囫圇吞棗，何時該用自動詞？何時該用他動詞？是用投硬幣來決定的（笑）。事後才發現原來我從頭到尾都不知道自他動詞的概念，更別說有區分的能力了；「使役、被動、使役被動形」長得這麼像、種類這麼多，如何清楚區分呢？有鑑於此，我彙整出一套能為讀者省下一堆家教費和時間的日語觀念文法，收納於本書裡。

如何利用一本書的時間，讓日語能力從 N5 或從 0 一路提升至 N4、N3，甚至在 N2 考試前扎實地複習文法呢？這本觀念文法書絕對是您學習的好幫手！除了可以幫助您輕鬆考過日檢外，也鞏固日語觀念文法，自此學習之路可以一路全速邁進。此外，由於篇幅限制，未能完整收錄和預計日後會追加補充的內容，我特別在小狸日語官網開設了讀者專屬頁面，歡迎掃 QR Code 加入。期許這本書讓您在學習路上一路領先他人，日檢考試無往不利，那就是我辛勤筆耕最大的回報了。如果您因這本書而有所收穫，歡迎私訊給我或於粉專留言給我，祝您展閱愉快。

王心怡 Hikky 2022.05.19

本書使用方式

謝謝您，打開這本書閱讀；也恭喜您，因為打開這本書，代表您即將把日語最重要的核心文法觀念學會、釐清、以及將相關知識鞏固在您的腦中了！這會讓您以後在學習日文的路上，一路過關斬將，無往不利。

首先，建議還不到檢定程度的讀者可以掃 QR code 至小狸日語官網複習或學習程度從 0 開始的基礎句型。

如果是日本語能力試驗程度 N3 左右的學員可以直接閱讀 N3 部分，或是您需要加強的單元，但請注意，N3 檢定不會只考 N3 文法，有很多觀念都是在 N4、N5 就必須習得的（這也是我為什麼要寫這本書給學習者），這些觀念到了 N3 檢定時，依然會持續出現。所以如果您 N3 部分還不是很有把握，建議先回到 N4、N5 的句型部分做複習，待整體融會貫通之後再進入 N3 程度的學習。

如果您是 N4、N5 程度的學習者，歡迎您從頭開始翻閱，或是先挑選

您覺得重要或者是不熟的章節做學習！

　　本書主要以名詞、動詞、形容詞、副詞、助詞、複合助詞等概念來區分章節，每一個章節裡皆涵蓋了各個級數的核心觀念以及句型。

　　因此當讀者在閱讀該章節時，發現句型有一點難度，可以待其他的章節學習完畢再回來閱讀比較難的句型。

　　章節裡的圖片，是提供給差不多具有 N2、N3 程度的學習者練習用的，如果您可以順利回答，恭喜您，表示您在這個章節問題不大，可以先跳過；而 N4、 N5 的學習者，建議先進入該章節的文字部分，待學習完成後，再回過頭進行圖片作答。

　　章節裡面常會有「ヒント」，這個部分是我在教學或學習日文時發現容易誤解或是錯誤之處，請讀者千萬不要錯過這一部分的精華喔！

　　此外，在本書中也會有許多的「文法補給站」。「文法補給站」是您

在基礎句型文法觀念學習後，建議繼續加強的部分，這部分也是學習者容易錯誤的地方，建議您可以等較有餘裕的時候再回頭閱讀，對於文法的觀念會更加融會貫通。

最後，在本書後半段，還有「易混淆篇」單元，這個單元貫穿 N5、N4、N3 句型，因為學習到越多的句型及文法後，就越容易混淆，即便只是一字之差，意思往往也會有很大的不同，所以筆者特意寫出了這一章，來提供已經學習到 N4 或者 N3 的學習者做回顧與比較。

讀者專屬 QR code，提供您下載基礎句型，後續補充會納入檢定句型、文法小知識、小測驗，以及文法檢定模擬試題喔！

＼ Instagram ／	＼ threads ／	＼ 小狸日語官網 ／

IG: japanese.hikky	Threads QR code：小狸日語 japanese.hikky	https://www.hikky.com.tw/ prolist.php?PC_id=25

目次

延伸學習：小狸日語官網

CHAPTER

1

名詞篇

說到名詞，你可能覺得沒什麼難！但在日語中，光是一個名詞，就有很多分類，每個分類裡重要的學習點也很多，我們就先來看看日語裡的名詞分類有哪些吧！

名詞，顧名思義是用來表示事物的名稱，可以用來表示「主語」或者是「目的語」，分為「普通名詞」、「代名詞」、「時間名詞」、「數量詞」，以及「形式名詞」。

1-1 普通名詞

普通名詞可區分為具有具體內容的「具體名詞」、表達抽象內容的「抽象名詞」，以及某一事物的固定名稱的「固有名詞」。

具體名詞：家（房子）、車（車子）、山（山）、海（海）……

抽象名詞：愛情（愛情）、恐怖感（恐懼感）、時間（時間）、空間（空間）……

固有名詞：富士山（富士山）、鬼滅の刃（鬼滅之刃）、
新竹サイエンスパーク（新竹科學園區）、
台北１０１ビル（台北101）……

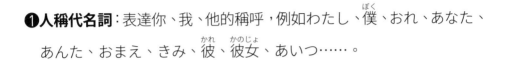

1-2 代名詞

❶**人稱代名詞**：表達你、我、他的稱呼，例如わたし、僕（ぼく）、おれ、あなた、あんた、おまえ、きみ、彼（かれ）、彼女（かのじょ）、あいつ……。

人稱	日語及中文
第一人稱	わたし（我）、わたくし（我，謙稱） 僕（ぼく）（我，男性自稱）、おれ（我，男性自稱）、 わし（老夫，上了年紀的男性自稱）
第二人稱	あなた（你）、あんた（你，較不禮貌） おまえ（你，較不禮貌）、きみ（你，較不禮貌）
第三人稱	彼（かれ）（他）、彼女（かのじょ）（她）、あいつ（那傢伙，較不禮貌）

　　需要注意的是第二人稱雖然有「あなた」這個代名詞，但基本上不太使用，只會用在還不知道對方姓氏，或是名字之前（あなた也有妻子在稱丈夫時之「親愛的」意思）。一般都是直接稱呼對方的「職務」（部（ぶ）

長、課長……）、或者「姓氏＋（さん）」（田中さん……）、「名字
＋（さん）」（健さん）等才是正確的使用方法。

❷**指示代名詞**：用來取代事物、場所、方向，通稱為「こ、そ、あ、ど」
指示詞。大抵來說，こ：離說話者近；そ：離聽話者近；あ：離說話者、
聽話者都遠；ど：疑問。

ヒント！

こちら系列有兩種意思，「這裡」和「這位」：

口語：こっち（這裡）、そっち（那裡）、あっち（遠的那裡）、
どっち（哪裡）

較正式：こちら（這裡）、そちら（那裡）、あちら（遠的那裡）、
どちら（哪裡）

口語：この人（這個人）、その人（那個人）、あの人（那個人）、
どなた（哪個人）

較正式：こちら（這一位）、そちら（那一位）、あちら（那一
位）、どちら（哪一位）

①これ／それ／あれ／どれ

これ
それ　は　＿＿＿＿＿です。　　這是（那是）～。
あれ

◆**これ　這個。離說話者近的物品**

・**これ**は、いくらですか。　　這個多少錢呢？

◆**それ　那個。離聽話者近的物品**

・A：**それ**は何ですか。　　那個是什麼呢？
　　　　　　_{なん}

・B：これはノートです。　　這是筆記本。

◆**あれ　那個。離說話者、聽話者都遠的物品**

・**あれ**は私のかばんです。　　那是我的皮包。
　　　　　_{わたし}

◆**どれ　哪個。用於疑問句**

どれが〜ですか。　哪個是〜？ **N5**

＊２選１是どちら（どっち）

A：**どれが**林さんのかばんですか。　哪個是林先生你的包包呢？

B：**これが**わたしのかばんです。　這個是我的包包。

＊正常情況下是使用：これ**は**わたしのかばんです。而這個對話裡「これ**が**わたしのかばんです。」會使用「が」則是因為被問句「どれが」所影響，有強調「這個是」的意思。

〜はどれですか。　〜是哪個？ **N5**

・林さんのかばん**はどれですか**。　林先生的包包是哪一個呢？

・林さんの本**はどれですか**。　林先生的書是哪個呢？

②この／その／あの

この／その／あの＿＿名詞＿＿は＿＿＿＿です。

◆**この＋名詞　這個。離說話者近的物品**

・**この**パンはおいしいです。　這麵包很好吃。

◆**その＋名詞　那個。離聽話者近的物品**

・**その**映画はおもしろいです。　那部電影很有趣。

◆あの＋名詞　那個。離說話者、聽話者都遠的物品

・**あの**Ｔシャツは綺麗<ruby>綺麗<rt>きれい</rt></ruby>ですね。　那件襯衫真漂亮呢！

ヒント！

　「この／その／あの／どの」要連接名詞，「これ／それ／あれ／どれ」則不用。

③ここ／そこ／あそこ

　　ここ／そこ／あそこは＿＿＿＿＿です。

　　這裡（那裡）是～。

　　＿＿＿＿＿はここ／そこ／あそこです。

　　某人（事物）在這裡（那裡）。

◆ここ　離說話者近的地方

・**ここ**はわたしの<ruby>大学<rt>だいがく</rt></ruby>です。　這裡是我的大學。

・わたしの<ruby>大学<rt>だいがく</rt></ruby>は**ここ**です。　我的大學在這裡。

◆そこ　離聽話者近的地方

・**そこ**は<ruby>音楽教室<rt>おんがくきょうしつ</rt></ruby>です。　那裡是音樂教室。

・<ruby>駅<rt>えき</rt></ruby>は**そこ**です。　車站在那裡。

◆あそこ　離聽話者、說話者都遠的地方

・**あそこ**はトイレです。　那裡是廁所。

・エレベーターは**あそこ**です。　電梯在那裡。

④こんな／そんな／あんな　用來形容事物的狀態與程度

◆**こんな 這樣的、如此的**

・**こんな**綺麗な星空は見たことがありません。

　沒看過這麼漂亮的星空。

・A：茶色<ruby>茶</ruby>はどんな色<ruby>色</ruby>ですか。　　所謂的茶色是什麼顏色呢？

　B：今<ruby>今</ruby>、わたしの服<ruby>服</ruby>のような、こんな色<ruby>色</ruby>です。

　　　就是像現在我的衣服這樣的顏色。

◆そんな　那樣的

・そんな店<ruby>店</ruby>は二度<ruby>二度</ruby>と行<ruby>行</ruby>きません。　　那樣的店家，我不會再去第二次。

・そんなことを言<ruby>言</ruby>わないでください。　　請不要那樣說。

◆あんな　那樣的。說話者、聽話者以外的事物

・どうしてあんなことをしたんですか。　　為什麼要做那樣的事呢？

・わたしもあんな仕事<ruby>仕事</ruby>をしたいです。　　我也想做那樣的工作。

指示代名詞	こ	そ	あ	ど
事物	これ	それ	あれ	どれ
場所和方向	ここ こちら こっち	そこ そちら そっち	あそこ あちら あっち	どこ どちら（較正式） どっち（較口語）
連體詞 （後面接名詞）	この こんな	その そんな	あの あんな	どの どんな
副詞用法	こう	そう	ああ	どう

＼ もっと！ ／

此部分可以待稍有餘裕時，再回頭來學習喔！

◆こう　這樣的。指眼前的事物

・ピザは**こう**作_{つく}ります。　披薩是這樣做的。

・このマシンは**こう**使_{つか}います。　這個機器是這樣用的。

◆そう　那樣的

・彼女_{かのじょ}が**そう**言_いいました。　她是那麼說的。

・わたしも**そう**なりたいです。　我也想變成那樣。

◆ああ　那樣的。指雙方都知道的事物

・**ああ**いう態度_{たいど}が好_すきじゃないです。　不喜歡那樣的態度。

・素晴_{すば}らしい人_{ひと}を見_みて、自分_{じぶん}も**ああ**なりたいと思_{おも}います。

　看著很棒的人，自己也想變成那樣。

＼ ヒント！ ／

　和「こんな／そんな／あんな」不同，「こう／そう／ああ」後面接續的是動詞，而「こんな／そんな／あんな」後面則是接續名詞。

1-3 連接名詞的方法

透過「の」來連接「名詞和名詞」的方式有兩種：

❶ 名詞＋の＋名詞

・例：わたしの家（我家）、 大学の先生（大學的老師）

❷ 名詞＋助詞＋の＋名詞 （助詞用法請參考 CH2 助詞篇）

・例：先生への手紙（給老師的信）、弟との喧嘩（和弟弟的爭吵）、彼女からの連絡（從她而來的聯繫）、肺炎での入院（因為肺炎而造成的住院）、台北までの移動（到台北的移動）

透過上面的例子我們可以看出來，原來除了可以用「の」來連結之外，也可以藉由「助詞」來補充說明和兩個名詞之間的關係呢！

＼ ヒント！ ／

常用來和「の」結合以銜接名詞的助詞有「で」、「へ」、「から」、「まで」、「と」等，至於「に」「を」「が」幾乎不使用！

1-4 形式名詞～の

何謂「形式名詞」呢？

　　形式名詞是普通名詞的相對概念，形式名詞並無具體代表物品或人、事，而是放在形容詞或動詞後面，讓動詞或形容詞能夠轉化成名詞。像是「の」、「こと」、「もの」、「とき」、「ところ」等就具備這樣的功能，這些都是屬於形式名詞。本章先就「の」做說明，其他形式名詞將於他章詳述。

❶「の」──用來取代前面出現過的名詞

　　・A：すみません、あの青いシャツをください。

　　　　不好意思，請給我那件藍色的襯衫。

　　　B：青い**の**ですか。わかりました。　藍色的嗎？明白了。

　　・A：この傘は林さん**の**ですか。　這支傘是林先生的嗎？

　　　B：はい、わたし**の**です。　是的，是我的。

　　用「の」來取代前面敘述過的名詞，是不是讓句子變得更簡潔了呢？「の」的其他文法功能，將於後面章節詳述。

1-5 修飾名詞的方法

除了用「の」連接名詞外，還有以下幾種修飾名詞的方法。

❶ この／その／あの／どの＋名詞

・**この**レストランは有名^{ゆうめい}です。　這間餐廳很有名。

・**あの**人^{ひと}は誰^{だれ}ですか。　那個人是誰？

❷ こんな／そんな／あんな／どんな＋名詞

・**そんな**こと、わかりません。　那種事情，我不知道。

・田中^{たなか}さんは**どんな**人^{ひと}ですか。　田中是一位什麼樣的人呢？

❸ い形容詞／（な形容詞＋な）＋名詞

＊い形容詞可直接加名詞，中間不需要「の」喔！

・おいしいラーメン（好吃的拉麵）、赤^{あか}いりんご（紅色的蘋果）

・静^{しず}か**な**町^{まち}（安靜的城鎮）、元気^{げんき}**な**人^{ひと}（健康的人）

❹ 動詞普通形＋名詞 （普通形請參考動詞普通形章節）

・笑^{わら}**っている**人。　正在笑的人。

・昨日^{きのう}買^か**った**Ｔシャツ。　昨天買的襯衫。

時間名詞

　日語裡用來表示時間的名詞很多，包括「～點」、「～分」、「星期幾」、「日期」、「月分」、「年」、「上、中、下午」等……。

❶ 幾點幾分

<ruby>何時<rt>なんじ</rt></ruby> （幾點）		
1 時	2 時	3 時
いちじ	にじ	さんじ
4 時	5 時	6 時
よじ	ごじ	ろくじ
7 時	8 時	9 時
しちじ	はちじ	くじ
10 時	11 時	12 時
じゅうじ	じゅういちじ	じゅうにじ

何分（幾分）		
1分	2分	3分
いっぷん	にふん	さんぷん
4分	5分	6分
よんぷん	ごふん	ろっぷん
7分	8分	9分
ななふん	はっぷん	きゅうふん
10分	11分	12分
じゅっぷん／じっぷん	じゅういっぷん	じゅうにふん
13分	14分	30分
じゅうさんぷん	じゅうよんぷん	さんじゅっぷん さんじっぷん 半（はん）

＊「分」只有「ふん」、「ぷん」兩種念法，遇到數字 1、3、4、6、8、10 會變成「ぷん」，其餘為「ふん」。

・A：今、何時ですか。　現在幾點？

　B：午後 7 時 １７ 分です。　下午 7 點 17 分。

・A：次のバスはいつですか。　下一班公車是幾點呢？

　B：10 時 ３０ 分です。　10 點 30 分。

請用日文說出現在幾點幾分？

① 3 時 30 分

② 4 時 13 分

③ 7 時 17 分

④ 8 時 28 分

⑤ 10 時 20 分

⑥ 4 時 24 分

⑦ 9 時 19 分

⑧ 11 時 11 分

⑨ 7 時 46 分

答え：①さんじさんじゅっぷん、②よじじゅうさんぷん、③しちじじゅうななふん、
④はちじにじゅうはっぷん、⑤じゅうじにじゅっぷん、⑥よじにじゅうよんぷん、
⑦くじじゅうきゅうふん、⑧じゅういちじじゅういっぷん、⑨しちじよんじゅうろっぷん

❷ 關於時間的重要單字

・午後（下午）、午前（上午）

・朝（早上）、昼（中午；白天）、夜（晚上）

❸ 星期

漢字	**月曜日**	**火曜日**	**水曜日**	**木曜日**
假名	げつようび	かようび	すいようび	もくようび
中文	星期一	星期二	星期三	星期四
漢字	**金曜日**	**土曜日**	**日曜日**	**何曜日**
假名	きんようび	どようび	にちようび	なんようび
中文	星期五	星期六	星期日	星期幾？

・A：今日は、何曜日ですか。　今天星期幾？

　B：水曜日です。　星期三。

・A：明日は、何曜日ですか。　明天星期幾？

　B：土曜日です。　星期六。

❹ 用來表示時間的常用名詞有哪些？

昨日 きのう	今日 きょう	明日 あした
先週 せんしゅう	今週 こんしゅう	来週 らいしゅう
先月 せんげつ	今月 こんげつ	来月 らいげつ
去年 きょねん	今年 ことし	来年 らいねん

❺ 月分和日期

一月	二月	三月	四月
いちがつ	にがつ	さんがつ	しがつ
五月	六月	七月	八月
ごがつ	ろくがつ	しちがつ	はちがつ
九月	十月	十一月	十二月
くがつ	じゅうがつ	じゅういちがつ	じゅうにがつ

＊其他常見時間名詞：おととい（前天）、あさって（後天）；先々週（上上週）、再来週（下下一週）；先々月（上上個月）、再来月（下下個月）；おととし（前年）；再来年（後年）。

日曜日	月曜日	火曜日	水曜日	木曜日	金曜日	土曜日
	1日 ついたち	2日 ふつか	3日 みっか	4日 よっか	5日 いつか	6日 むいか
7日 なのか	8日 ようか	9日 ここのか	10日 とおか	11日 じゅう いちにち	12日 じゅう ににち	13日 じゅう さんにち
14日 じゅう よっか	15日 じゅう ごにち	16日 じゅう ろくにち	17日 じゅう しちにち	18日 じゅう はちにち	19日 じゅう くにち	20日 はつか
21日 にじゅう いちにち	22日 にじゅう ににち	23日 にじゅう さんにち	24日 にじゅう よっか	25日 にじゅう ごにち	26日 にじゅう ろくにち	27日 にじゅう しちにち
28日 にじゅう はちにち	29日 にじゅう くにち	30日 さんじゅう にち	31日 さんじゅう いちにち			

・A：お誕生日はいつですか。　您生日是什麼時候？

　B：１２月　２４日です。　12月24日。

❻ 哪些時間名詞可以加「に」來表達動作的時間點呢？

　　在「～にＶます／ました」來表達在某個時間點做某事的句型中，

哪些時間名詞需要加「に」，哪些又不需要呢？我們可用下面的表格

來區分。基本上，有明確時間點的，例如：幾月幾日、幾點幾分、或是某個節日（新年、聖誕節、除夕……）在接續後面的動作時，用來表示明確時間點的話，就會加「に」。

不需要加に的
昨日（きのう）、今日（きょう）、明日（あした）
先週（せんしゅう）、今週（こんしゅう）、来週（らいしゅう）
先月（せんげつ）、今月（こんげつ）、来月（らいげつ）
去年（きょねん）、今年（ことし）、来年（らいねん）

需要加に的
明確日期：2021 年、1/1、1/2、1/3……
幾點幾分：1 時（いちじ）、2 時（にじ）、3 時（さんじ）、1 時 30 分（いちじさんじゅっぷん）……
特定日期：お正月（しょうがつ）（新年）、クリスマス（聖誕節）、大晦日（おおみそか）（除夕）

可加，可不加に的
星期幾：月曜日（げつようび）、火曜日（かようび）、水曜日（すいようび）、木曜日（もくようび）……

① 需要加に

・わたしは毎日（まいにち）6 時半（ろくじはん）に起（お）きます。　我每天早上 6 點半起床。

・大晦日（おおみそか）に、年越（としこ）し蕎麦（そば）を食（た）べます。　在除夕夜吃跨年蕎麥麵。

②不需要加に

・来週、ニューヨーク**に**行きます。　下週要去紐約。

・来月、大阪に出張します。　下個月要去大阪出差。

③可加可不加に

・来週の月曜日（**に**）、図書館に行きます。　下週一要去圖書館。

テスト！

請用平假名填滿以下空格

	～じ（點）	～ふん（分）	～ようび （星期幾）	～にち（日）
1	いちじ	いっぷん	げつようび	★Ⓗ
2	にじ	にふん	Ⓕ	ふつか
3	さんじ	さんぷん	すいようび	Ⓘ
4	★Ⓐ	よんぷん	もくようび	よっか
5	ごじ	ごふん	きんようび	いつか
6	ろくじ	Ⓓ	Ⓖ	Ⓙ
7	★Ⓑ	ななふん	にちようび	なのか
8	はちじ	Ⓔ	ー	ようか
9	★Ⓒ	きゅうふん	ー	ここのか
10	じゅうじ	じゅっぷん	ー	とおか
？	なんじ	なんぷん	なんようび	なんにち

答え：Ⓐよじ、Ⓑしちじ、Ⓒくじ、Ⓓろっぷん、Ⓔはっぷん、Ⓕかようび、Ⓖどようび、
　　　Ⓗついたち、Ⓘみっか、Ⓙむいか

數量詞

　　日文的數量詞跟中文有很大的不同，比方說數啤酒、香蕉等長條形的物品時，使用「～本（ほん）」；數盤子，數襯衫，數紙張等薄而扁平的東西時，使用「～枚（まい）」……除了單位和中文不一樣，發音的方式也需要特別注意。

　　當數量詞的第一個音是 [h(p)]、[k]、[s]、[t] 等無聲子音時，遇到 1、3、6、8、10 發音常會發生變化，例如：本、回、冊……請參考下表，會變成いっぽん、さんぼん、ろっぽん等有促音、半濁音或濁音的念法。

❶ 常用的數量詞如下表

數東西和點餐		數人		數長條狀的物品		次數	
數量詞	假名	數量詞	假名	數量詞	假名	數量詞	假名
一つ	ひとつ	一人	ひとり	一本	いっぽん	一回	いっかい
二つ	ふたつ	二人	ふたり	二本	にほん	二回	にかい
三つ	みっつ	三人	さんにん	三本	さんぼん	三回	さんかい
四つ	よっつ	四人	よにん	四本	よんほん	四回	よんかい
五つ	いつつ	五人	ごにん	五本	ごほん	五回	ごかい
六つ	むっつ	六人	ろくにん	六本	ろっぽん	六回	ろっかい
七つ	ななつ	七人	ななにん／しちにん	七本	ななほん	七回	ななかい
八つ	やっつ	八人	はちにん	八本	はっぽん	八回	はっかい
九つ	ここのつ	九人	きゅうにん	九本	きゅうほん	九回	きゅうかい
十	とお	十人	じゅうにん	十本	じゅっぽん／じっぽん	十回	じゅっかい／じっかい
疑問詞	いくつ？	疑問詞	なんにん？	疑問詞	なんぼん？	疑問詞	なんかい？

薄而扁平的東西 例：襯衫、CD、盤子、紙張……		數書本、字典、筆記本等書籍類		小東西		機器類、車輛等	
数量詞	假名	数量詞	假名	数量詞	假名	数量詞	假名
一枚	いちまい	一冊	いっさつ	一個	いっこ	一台	いちだい
二枚	にまい	二冊	にさつ	二個	にこ	二台	にだい
三枚	さんまい	三冊	さんさつ	三個	さんこ	三台	さんだい
四枚	よんまい	四冊	よんさつ	四個	よんこ	四台	よんだい
五枚	ごまい	五冊	ごさつ	五個	ごこ	五台	ごだい
六枚	ろくまい	六冊	ろくさつ	六個	ろっこ	六台	ろくだい
七枚	ななまい	七冊	ななさつ	七個	ななこ	七台	ななだい
八枚	はちまい	八冊	はちさつ	八個	はちこ	八台	はちだい
九枚	きゅうまい	九冊	きゅうさつ	九個	きゅうこ	九台	きゅうだい
十枚	じゅうまい	十冊	じゅっさつ／じっさつ	十個	じゅっこ／じっこ	十台	じゅうだい
疑問詞	なんまい？	疑問詞	なんさつ？	疑問詞	なんこ？	疑問詞	なんだい？

❷ 用來表示時間長度

數字	～分 （～分鐘）	～時間 （～小時）	～日 （～天）	～週間 （～週）	～が月 （～個月）	～年 （～年）
1	いっぷん	いちじかん	いちにち	いっしゅうかん	いっかげつ	いちねん
2	にふん	にじかん	ふつか	にしゅうかん	にかげつ	にねん
3	さんぷん	さんじかん	みっか	さんしゅうかん	さんかげつ	さんねん
4	よんぷん	よじかん	よっか	よんしゅうかん	よんかげつ	よねん
5	ごふん	ごじかん	いつか	ごしゅうかん	ごかげつ	ごねん
6	ろっぷん	ろくじかん	むいか	ろくしゅうかん	ろっかげつ	ろくねん
7	ななふん	しちじかん ななじかん	なのか	ななしゅうかん	しちかげつ ななかげつ	しちねん／ ななねん
8	はっぷん	はちじかん	ようか	はっしゅうかん はちしゅうかん	はっかげつ はちかげつ	はちねん
9	きゅう ふん	くじかん	ここのか	きゅう しゅうかん	きゅうかげつ	きゅうねん
10	じゅっぷん ／じっぷん	じゅう じかん	とおか	じゅっしゅうかん じっしゅうかん	じゅっかげつ じっかげつ	じゅうねん
11	じゅういっ ぷん	じゅういち じかん	じゅう いちにち	じゅういっ しゅうかん	じゅう いっかげつ	じゅういち ねん
12	じゅうに ふん	じゅうに じかん	じゅうに にち	じゅうに しゅうかん	じゅうに かげつ	じゅうに ねん
?	何分 なんぷん	何時間 なんじかん	何日 なんにち	何週間 なんしゅうかん	何か月 なんげつ	何年 なんねん

數字 1、3、6、8、10 的發音，易產生變化，建議不用一次記憶整個表格，一次僅記憶 1 ～ 2 種時間長度的用法即可。此外，「1 時」是指「1 點」，但加上「間」後可表示時間的長度，例如「1 時間」，則代表「1 小時」。

❸ 關於數字與金額

數字	假名	數字	假名	數字	假名	數字	假名
1	いち	10	じゅう	100	ひゃく	1000	せん
2	に	20	にじゅう	200	にひゃく	2000	にせん
3	さん	30	さんじゅう	300	さんびゃく	3000	さんぜん
4	よん・し	40	よんじゅう	400	よんひゃく	4000	よんせん
5	ご	50	ごじゅう	500	ごひゃく	5000	ごせん
6	ろく	60	ろくじゅう	600	ろっぴゃく	6000	ろくせん
7	なな・しち	70	ななじゅう	700	ななひゃく	7000	ななせん
8	はち	80	はちじゅう	800	はっぴゃく	8000	はっせん
9	きゅう・く	90	きゅうじゅう	900	きゅうひゃく	9000	きゅうせん
10	じゅう	100	ひゃく	1000	せん	10000	いちまん

❹ 常見的表達數量詞的方式有下列二種：

① 數量詞擺在動詞前面

・わたしは本を三冊買いました。　我買了 3 本書

② 數量詞＋の＋名詞

・わたしは三冊の本を買いました。　我買了 3 本書

❺ 數量詞常用句型如下：

①　名詞　を　數量詞　ください　請給我幾個（條……）N5

「を」的前面放「名詞」，「ください」的前面放上數量詞。

・コーヒーを一つください。　請給我一杯咖啡。

・ライスを二つください。　請給我兩碗白飯。

② 「名詞 1 を數量詞と、名詞 2 を數量詞ください」　請給我幾個名詞 1 和幾個名詞 2 N5

在《給我幾個～》句子裡，如果要同時放入一樣以上的東西和數量，就可以使用「と」來連接兩個名詞。

・サラダを一つと、コーヒーを二つください。

請給我一份沙拉和兩杯咖啡。

・コーヒーを一つと、ハンバーガーを二つください。

請給我一杯咖啡和兩個漢堡。

③數量詞＋も　強調數量很多 **N5**

・わたしはビールを 10 本**も**飲みました。　我竟然喝了 10 瓶的啤酒。

・会社の食堂のパンはとてもおいしいです。五つ**も**食べました。

　公司食堂的麵包非常美味。我竟然吃了 5 個。

④何＋數量詞＋も　代表「很多」的意思 **N5**

・わたしは彼女のコンサートに何度**も**行きました。

　她的演唱會，我去了好幾次。

・会議室に何人**も**います。　會議室裡有好幾個人。

⑤數量詞＋も＋否定　「一～也不（沒）」 **N5**

・会議室に**一人も**いません。　會議室裡一個人都沒有。

・紙は**一枚も**ありません。　連一張紙都沒有。

⑥期間＋に～回　表示一段時間內，從事某行爲的次數 **N5**

・一週間**に** 1 回ぐらい運動をします。　一週運動一次左右。

・一日**に**三回食事します。　一天用餐三次。

⑦數量詞＋で　共，「で」的後面表示數量、金額、時間單位等總和 **N5**

・このシャツは 4 枚**で** 4000 円です。　這個襯衫 4 件 4000 元。

・りんごは三つ**で** 1200 円です。　蘋果 3 個 1200 元。

CHAPTER

2

助詞篇

先來看以下的句子，猜一猜意思吧！

・わたし　姉<ruby>姉<rt>あね</rt></ruby>　家<ruby>いえ<rt></rt></ruby>　行<ruby>い<rt></rt></ruby>きます

・ここ　名前<ruby>なまえ<rt></rt></ruby>　書<ruby>か<rt></rt></ruby>きます

你發現了嗎？這兩句很容易讓人感到困惑。第一句，是誰要去誰家呢？是我要去姐姐家？還是我和姐姐一起去家裡呢？第二句裡，是要在這裡寫姓名，還是將姓名寫在這裡呢？這時候，就需要「格助詞」來釐清它們之間的糾葛關係。

我們先來看看何謂「助詞」，待會再來補強這兩個句子。

CHAPTER 2-1　助詞

日文的助詞，大致可分成四類：「格助詞」、「副助詞」、「接續助詞」和「終助詞」。看到這，你可能已經眼花，這麼多怎麼記呢？沒關係，先來弄清楚句子裡必要成分的「格助詞」就好，等有餘裕時，再回頭來看其他的助詞。

格助詞的功能是什麼？**「格助詞」有將名詞、形容詞，以及動詞的述語部分連結起來，或增加意思的功能，**在日文裡扮演很重要的角色，如果沒有用它來表示名詞、動詞之間的關係，往往會造成意思錯誤，或不知所云。所以將前述兩句語意不清的句子加上「格助詞」，就可以知道關係了。也就是說，**透過格助詞，能釐清名詞與動詞之間的語意邏輯。**

・加上格助詞→わたしは姉の家に行きます。　我去姐姐家。

・加上格助詞→ここに名前を書きます。　將姓名寫在這裡。

　由此可知，「格助詞」是一個句子裡動詞的「必須成分」，如果少了這個「必須成分」，動詞和名詞之間的關係就無法清楚的成立。

 **常用的格助詞**

CHAPTER **2-2**

　每個助詞幾乎都有一個以上的用法，所以對於非母語者而言，是容易混淆的文法，但換個角度想，其實日語這語言也滿聰明的，一個字多種用法，大大節省字彙量呢！

❶ が格

①放在名詞之後，用來說明這個動作是誰做的（動作主）

・わたしが食べました。　是**我**吃的。

・子供が笑います。　**小孩子**笑。

②表達主語

・雨が降ります。　下雨。

・ドアが壊れました。　門壞了。

③表示對象

・魚が好きです。　喜歡魚。
　（さかな）（す）

・にんじんが嫌いです。　討厭紅蘿蔔。
　　　　　　（きら）

ヒント！

　「が」後面若為動詞時，前面放的是「動作主」或「主語」；
後面若為名詞或形容詞時，則前面放的是表達狀態的「主語」。

❷ を格

①對象

・魚を食べます。　吃魚。
　（さかな）（た）

・お皿を洗います。　洗盤子。
　　（さら）（あら）

②通過的場所

・公園を散歩します。　在公園散步。
　（こうえん）（さんぽ）

・空を飛びます。　在空中飛。
　（そら）（と）

・橋を渡ります。　過橋。
　（はし）（わた）

・交差点を右に曲がります。　在十字路口往右轉。
　（こうさてん）（みぎ）（ま）

③出發、離開的空間

・バスを降ります。　下公車。
　　　　（お）

・家<ruby>家<rt>いえ</rt></ruby>を出<ruby>出<rt>で</rt></ruby>ます。　離開家。

・大学<ruby>大学<rt>だいがく</rt></ruby>を卒業<ruby>卒業<rt>そつぎょう</rt></ruby>します。　從大學畢業。

④度過的時間

・時間<ruby>時間<rt>じかん</rt></ruby>を過<ruby>過<rt>す</rt></ruby>ごします。　度過時光。

ヒント！

　表示對象的「を」和表示「出發、離開空間」的「を」很容易混淆，差異在於後面動詞的不同。「出發、離開空間」的「を」之後的動詞，都帶有「移動性」，如：曲<ruby>曲<rt>ま</rt></ruby>がります、渡<ruby>渡<rt>わた</rt></ruby>ります……而表示「對象」的「を」之後的動詞則沒有「移動性」。

❸ へ格

①移動的方向

・台北<ruby>台北<rt>たいぺい</rt></ruby>へ行<ruby>行<rt>い</rt></ruby>きます。　去台北。

❹ に格

①到達點

・台北<ruby>台北<rt>たいぺい</rt></ruby>に着<ruby>着<rt>つ</rt></ruby>きます。　到達台北。

②歸著點

・ここに書<ruby>書<rt>か</rt></ruby>きます。　寫在這裡。

③時間

・6時に起きます。　6點起床。

・月曜日に出発します。　禮拜一出發。

④對象

・彼女に渡します。　拿給她。

・先生に相談します。　找老師討論事情。

⑤存在的場所

・部屋にあります。　在房間裡。

⑥目的

・台北へ買い物に行きます。　去台北買東西。

❺ で格

①動態動作的場所

・レストランで食事します。　在餐廳用餐。

②方法、手段

・箸で食べます。　用筷子吃。

③原因理由

・台風でやめました。　因為颱風而停止。

④範圍

- クラスで一番<ruby>一番<rt>いちばん</rt></ruby>いいです。　在班上是最好的。

⑤狀態

- 一人<ruby>一人<rt>ひとり</rt></ruby>で暮<ruby>暮<rt>く</rt></ruby>らします。　一個人過生活。

- 裸<ruby>裸<rt>はだか</rt></ruby>で温泉<ruby>温泉<rt>おんせん</rt></ruby>に入<ruby>入<rt>はい</rt></ruby>ります。　裸體泡溫泉。

❻ から格

①起點

- 映画<ruby>映画<rt>えいが</rt></ruby>は7時<ruby>時<rt>じ</rt></ruby>からです。　電影是從7點開始。

②原料

- ワインは葡萄<ruby>葡萄<rt>ぶどう</rt></ruby>から作<ruby>作<rt>つく</rt></ruby>られています。　葡萄酒是由葡萄做成的。

ヒント！

　　「から」跟「で」的差異在於：用「から」是已經看不到原料的樣子。如製成葡萄酒，已經看不到葡萄的樣子了，所以用「から」。

❼ まで格

①動作、事情結束的場所、時間

- 島<ruby>島<rt>しま</rt></ruby>まで船<ruby>船<rt>ふね</rt></ruby>で行<ruby>行<rt>い</rt></ruby>きます。　搭船到島上。

- 9時<ruby>時<rt>じ</rt></ruby>まで残業<ruby>残業<rt>ざんぎょう</rt></ruby>します。　加班到九點。

❽と格

① 一起進行動作的對方

・友達<ruby>友達<rt>ともだち</rt></ruby>と<ruby>喧嘩<rt>けんか</rt></ruby>しました。　和朋友吵架了。

② 表示變化的結果

・<ruby>雨<rt>あめ</rt></ruby>が<ruby>水<rt>みず</rt></ruby>となります。　雨變成了水。

＼ テスト！ ／

請將<u>標記的錯誤助詞</u>修正為正確的助詞。

1. <ruby>公園<rt>こうえん</rt></ruby><u>が</u>カラオケコンサートがあります。

   在公園裡頭有卡拉 ok 大賽。

2. <ruby>誰<rt>だれ</rt></ruby><u>は</u><ruby>来<rt>き</rt></ruby>ましたか。　誰來了？

3. わたしは<ruby>豚料理<rt>ぶたりょうり</rt></ruby><u>を</u><ruby>嫌<rt>きら</rt></ruby>いです。　我討厭豬肉料理。

4. <ruby>本<rt>ほん</rt></ruby><u>で</u><ruby>名前<rt>なまえ</rt></ruby>を<ruby>書<rt>か</rt></ruby>いてください。　請在書上寫上名字。

5. <ruby>妹<rt>いもうと</rt></ruby>はプール<u>を</u><ruby>泳<rt>およ</rt></ruby>いでいます。　妹妹在泳池游泳。

6. <ruby>町<rt>まち</rt></ruby><u>で</u><ruby>本<rt>ほん</rt></ruby>を<ruby>買<rt>か</rt></ruby>いに<ruby>行<rt>い</rt></ruby>きます。　去鎮上買書。

<ruby>答え<rt>こた</rt></ruby>：1. が→で（某處舉辦用で）、2. は→が（疑問詞＋が）、3. を→が（喜歡、討厭的對象用が）、4. で→に（歸著點）、5. を→で（動作的場所用で）、6. 町で→町に（到達點用に）

❾ で 和 が：用錯，就沒有王子和公主的幸福故事囉！

用以下的例句看看錯用が和で造成的差異。

A：ワインとジュースとどちらがいいですか。

紅酒和果汁哪個好？

B：ワイン**で**いいです。 給我紅酒就可以了。

A：？？？

　　這邊的「で」是「退讓的意思」。一般狀況下，果汁跟紅酒比起來，通常是紅酒的價位更高，因此用「で」表達「退讓」很奇怪。以中文來譬喻，就像對方問你要吃滷肉飯還是牛排，結果你回答「給我牛排『就』可以了」，聽起來是不是有點白目呢？

　　因此，在求婚的時候男方說：「請你嫁給我！」女方也許會回應：「わたし**で**いいですか？」（意思是**像我這樣程度的人**就可以了嗎？）如果此時對方照著回答「あなた**で**いいです。」（像妳這樣子的就可以了），這個婚大概就結不成了吧！男方此時必須用有「排他性質」的「が」說：「あなた**が**いいです。」表達「非你不可」。這樣才可能有王子跟公主的幸福故事吧！

　　從這個例子可以看出來，雖然只是一個簡單的助詞，隱含的意涵卻完全不同，造成的結果也可能不同，因此在使用上不得不慎喔！

文法補給站

❶ は和が的分別

　　むかし、むかし、貧<ruby>貧<rt>まず</rt></ruby>しいけれど、<ruby>心<rt>こころ</rt></ruby>の<ruby>優<rt>やさ</rt></ruby>しいおじいさんとおばあさん**が**いました。從前從前有一對雖然貧窮，但是心地善良的老爺爺跟老奶奶。

　　ある<ruby>寒<rt>さむ</rt></ruby>い<ruby>冬<rt>ふゆ</rt></ruby>の<ruby>日<rt>ひ</rt></ruby>、おじいさん**は**<ruby>町<rt>まち</rt></ruby>へたきぎを<ruby>売<rt>う</rt></ruby>りに<ruby>出<rt>で</rt></ruby>かけました。在某個寒冷的冬日，老爺爺前往城鎮裡去賣柴。

　　すると、<ruby>途中<rt>とちゅう</rt></ruby>の<ruby>田<rt>た</rt></ruby>んぼの<ruby>中<rt>なか</rt></ruby>で、<ruby>一羽<rt>いちわ</rt></ruby>のツル**が**ワナにかかって、もがいていたのです。突然，在路過的田地中，發現一隻困在陷阱裡，正在掙扎的鶴。

　　上面這一段文字是不是有點熟悉呢？這就是著名《鶴的報恩》的故事。請注意，一樣是在講爺爺，第一句用「が」，可是到了第二句，爺爺後面的助詞就變成了「は」。（在第三句裡出現的<ruby>一羽<rt>いちわ</rt></ruby>のツル也是第一次登場，所以也用助詞「が」。）

　　「は」、「が」這兩個助詞因為沒有具體的意思，以中文來說，沒

有相對應的字可以用來表達，故常是日語初學者覺得混亂、很難學習的部分，今天利用這個小小的篇幅來說明一下常用的は和が的差異。

　　首先，提到「は」一定要知道的重要用法，就是「主題」。

①主題

　　何謂主題？「主題」就是接下來要討論的「話題」內容，比方說我現在要討論「狗」：「狗」有很多毛、有 4 隻腳、是人類的好朋友……這幾個敘述都是針對「狗」的敘述，「狗」就是我們現在要討論的「話題」，以日文來說的話，會放在助詞「は」的前面，成為「主題」。

②已知的訊息

・家の前に男の人が立っています。その男の人はコートを着ています。　家門前站了一個男人，那個男人穿著大衣。

　→「男の人」第一次出現時使用「が」，第二次以後出現因為已變成舊訊息，則使用「は」。

・鈴木さんはＡ社の部長です。　鈴木先生是 A 公司的部長。

　→鈴木是「既知」的舊資訊。

③想傳達的訊息在後面時使用「は」

・これは何ですか。これは辞書です。　這個是什麼呢？這個是字典。

・次の電車は 3 時です。　下一班電車是 3 點。

④恆常的事情、真理

・月は地球の周りを回っています。　月亮繞著地球轉。

⑤作爲否定強調的時候

・ウイスキーは好きじゃないです。　威士忌我不喜歡。

⑥對比的時候

・おじいさんは山へしば刈りに、おばあさんは川へ洗濯に行きま

　した。　老爺爺去山上砍柴，老奶奶去河邊洗衣。

　→對比老爺爺是去砍柴，老奶奶則是去河邊洗衣。

・ビールは飲みますが、ワインは飲みません。

　雖然喝啤酒，但是不喝葡萄酒。
　→對比雖然喝啤酒，卻不喝葡萄酒。

⑦想傳達的訊息在前面時使用「が」

・A：誰が来ますか。　誰會來呢？
　B：学校の友達が来ます。　學校的朋友會來。

⑧新資訊

・むかし、むかし、あるところに、おじいさんとおばあさんがい

　ました。　從前從前在某個地方住著老爺爺跟老奶奶。

　　→第一次出現的老爺爺和老奶奶，因此是新資訊。

・知らない人がわたしに声をかけました。　有個不明人士跟我搭話。

　→第一次出現的不明人士，因此是新資訊。

⑨**眼前發生的事情**

・（山頂で）ああ、空気<ruby>空気<rt>くうき</rt></ruby>が綺麗<ruby>綺麗<rt>きれい</rt></ruby>ね。　啊！空氣真清新啊！

・ほら、星<ruby>星<rt>ほし</rt></ruby>が綺麗<ruby>綺麗<rt>きれい</rt></ruby>よ。　快看！星星好漂亮啊！

⑩**修飾節裡**

　　修飾節指的是用來修飾後方名詞的要素，例如修飾名詞用的子句，底線處是修飾節，方框處是被修飾的名詞。

・わたしが好<ruby>好<rt>す</rt></ruby>きな 色<ruby>色<rt>いろ</rt></ruby> は白<ruby>白<rt>しろ</rt></ruby>です。　我喜歡的顏色是白色。

・妹<ruby>妹<rt>いもうと</rt></ruby>が行<ruby>行<rt>い</rt></ruby>く 学校<ruby>学校<rt>がっこう</rt></ruby> はその学校<ruby>学校<rt>がっこう</rt></ruby>です。　妹妹要去的學校是那個學校。

⑪**固定使用「が」的句型**

・弟<ruby>弟<rt>おとうと</rt></ruby>は歌<ruby>歌<rt>うた</rt></ruby>が上手<ruby>上手<rt>じょうず</rt></ruby>です。　弟弟很會唱歌。

・わたしはマンゴーが好<ruby>好<rt>す</rt></ruby>きです。　我喜歡芒果。

　→「上手<ruby>上手<rt>じょうず</rt></ruby>」、「好<ruby>好<rt>す</rt></ruby>き」等な形容詞習慣使用「が」。

・頭<ruby>頭<rt>あたま</rt></ruby>が痛<ruby>痛<rt>いた</rt></ruby>いです。　頭痛。

　→疼痛的部位固定使用「が」。

・教室<ruby>教室<rt>きょうしつ</rt></ruby>に学生<ruby>学生<rt>がくせい</rt></ruby>がいます。　在教室裡有學生。

　→這邊的「が」用來表示生物的存在。

・あそこに図書館<ruby>図書館<rt>としょかん</rt></ruby>があります。　在那裡有圖書館。

　→這邊的「が」用來表示非生物的存在。

・ここから富士山**が**見えます。　從這裡可以看得到富士山。

　　→看得到的對象，使用「が」。

⑫大主語「は」，小主語「が」

　　在中文裡我們說：「妹妹的眼睛很漂亮」，如果請初學者造句，通常會變成「妹の目が綺麗です」。這個句子以結構上來說並沒有錯誤，只是日本人習慣的方式是以「大小主語」的方式來說。如：妹 は目が綺麗です。「が」後面的述語「綺麗」是針對眼睛來敘述，而非妹妹，眼睛則是屬於妹妹的一部分。

・東京**は**交通**が**便利です。　東京的交通很便利。

＼ **テスト！** ／

　　請在底下空格中填入「は」或「が」。

1. 月（　）地球の周りを回っています。　月亮繞著地球轉。

2. 台北（　）便利ですが、花蓮（　）不便です。

　　臺北很方便，花蓮則不方便。

3. あっ、星（　）綺麗ですね。

　　（現正眺望著星空）啊！星星真美呢！

4. 父（　）作った料理はおいしいです。　爸爸所做的料理很美味。

5.「王さんはどちらの方ですか。」 王先生是哪一位？

「わたしです。わたし（　）王です。」 是我，我是王先生。

6.「ほら、部屋から富士山（　）見えるよ。」

你看！從房間裡面看得到富士山耶！

「あっ、本当だ！」 啊！真的呢！

7.「だれ（　）次の部長になるのかなあ。」

誰會是下一任的部長呢？

「たぶん武田さんですよ。」 大概是武田先生吧。

8. スーパーの前で、知らない人（　）わたしに声をかけまし

た。 在超市的前面，有個不認識的人跟我搭話。

9.2011年に、日本で地震（　）ありました。その地震（　）

強い地震で、大勢の人が亡くなりました。

2011年日本發生大地震，那個地震很大，有很多的人死掉了。

10.「あなたはどなたですか。お名前は？」

請問你是哪一位？您的姓名是？

「わたし＿＿＿＿余です。」 我姓余。

答え：1. は（真理）、2. は（對比）；は（對比）、3. が（眼前發生）、4. が（修飾節內）、

5. が（重點在が前面）、6. が（見える固定使用が）、7. が（疑問詞＋が）、

8. が（第一次出現）、9. が（第一次出現）；は（舊資訊）、10. は（重點在は後面）

2-3 副助詞

　　和句子重要成分的「格助詞」不同，「副助詞」是賦予句子**特殊意義**的助詞，也就是取代原來的格助詞然後「加油添醋」喔！可以放在**格助詞之後**，幫名詞增添意思，如：～で**は**、～に**は**、～へ**も**、で**さえ**……。當「が」還有「を」前面的名詞，被當成要強調的部分的時候，格助詞「が」、「を」基本上會被「副助詞」取代掉。如：パン**を**食<ruby>た<rt></rt></ruby>べます→パン**だけ**食<ruby>た<rt></rt></ruby>べます（只吃麵包）。常用的副助詞如下：

❶ 表示累積「も」

・わたしは<ruby>学生<rt>がくせい</rt></ruby>です。<ruby>彼女<rt>かのじょ</rt></ruby>**も**<ruby>学生<rt>がくせい</rt></ruby>です。　　我是學生，她也是學生。

❷ 表示對比「は」

・<ruby>彼女<rt>かのじょ</rt></ruby>はピアノ**は**<ruby>得意<rt>とくい</rt></ruby>ですが、<ruby>本<rt>ほん</rt></ruby>**は**あまり<ruby>読<rt>よ</rt></ruby>みません。

　她雖然鋼琴彈得好，但是幾乎不看書的。

❸ 表示限定「だけ」、「しか」、「ばかり」、「こそ」

①だけ

・<ruby>朝<rt>あさ</rt></ruby>ごはんはコーヒー**だけ**<ruby>飲<rt>の</rt></ruby>みます。　　早餐只喝咖啡。

②しか

　　しか和「だけ」意思接近，但「しか」有「不足」的意思在內，

後面需為否定形。相關しか和だけ的觀念請參考 CH15 易混淆篇。

・わたしはニュース**しか**見ません。　我只看新聞節目。

・百円**しか**持っていません。　只有 100 日圓。

③ばかり

・父は甘いもの**ばかり**食べています。　爸爸光是吃甜的東西。

④こそ，表示強調的功能

・今度**こそ**勝ちます！　這次一定要贏！

・これ**こそ**、本当の懐石料理です。　這個才是真正的懐石料理。

❹ さえ、すら、まで、くらい，表示極限的用法

①さえ　連〜

・あなた**さえ**そばにいれば、他に何も要らない。

　　只要你在身邊，其他什麼都不需要。

・残業**さえ**なければ、この仕事は最高だ。

　　如果不用加班，這工作就是最好的了！

②すら　連〜

・彼は平仮名**すら**読めないですよ。　他連平假名都不會念喔！

・自分の名前**すら**忘れました。　連自己的名字都忘了。

③まで　就連～

・主人は餃子の皮まで自分で作ります。

　我老公連水餃皮都自己做。

④くらい，表示最低限度或者是到達某一個程度

・部屋の掃除くらい、自分でします。

　打掃房間這樣子程度的事情，我自己可以做。

・500円くらい自分で出してください。　500元這樣子的金額請自己出。

❺ なんか，對其前面的名詞擁有低評價

・わたしには、旅行なんかする暇はありません。

　我才沒有去旅行之類的餘裕。　＊など、なんて也有類似的用法。

❻ でも，表示在眾多選擇中提供一個選項

・コーヒーでも飲みませんか。　要不要喝杯咖啡之類的？

❼ 副助詞總整理

副助詞	
累積	も
對比	は
限定	だけ、しか、ばかり、こそ
極限和最小程度	まで、さえ、すら、くらい
評價	なんか
提供一個選項	でも

文法補給站

❶ わたしなんか…　像我這樣的人…… N3

「なんか」常常使用在對話裡，而它也有很多種意思。

①低評價

常常用於表示對某事物**給予低評價**，接續在名詞或動詞之後，如：

・文学の本は読みますが、雑誌**なんか**読みません。

　我會看文學的書，至於雜誌我才不看。

・あなたの顔**なんか**、もう見たくないです。　我才不想再看到你。

・そんなこと**なんか**、わからない！　我才不管那種事！

・テレビ**なんか**見る時間がありません。　我才沒時間看電視。

②自謙，用於自己時，則帶有謙虛的意思

・わたし**なんか**にそんな難しい仕事ができますか。

　像我這樣的人，可以做那麼困難的工作嗎？

・わたし**なんか**より、ずっと素敵な人がいるのに。

　比起像我這樣的人，明明就有更棒的人。

終助詞

　　終助詞放置於句子的最後，表達說話者想傳達給聽話者的語氣。如果以中文來說，例如：好好吃喔！「好好吃」是說話者的評價，而「喔」則是說話者的語氣，是表達說話者情態的一部分，在本書舉幾個基本的終助詞做說明。

❶ ね：用於兩者都知道的資訊或狀況

　　A：このワイン、おいしいです**ね**。　這葡萄酒真好喝呢！

　　B：そうです**ね**。　對呀！

❷ よ：用於說話者告知聽話者某資訊

　　A：それは日本語の本ですね。　那是日語的書對吧？

　　B：いいえ、これは英語の本です**よ**。　不是喔！這個是英文的書喔！

❸ よね：用於相同場面下，說話者向聽話者確認不確定的狀況時

　　A：林さんは遅いです**よね**。　林先生還真慢呢！

　　B：そうですね。　對呀！

❹ かな：至於句尾，表示質疑或疑問，通常為男性在會話中使用，女性
則多用「かしら」 ＊かな屬於中性的用詞。

・今日は誰が来る**かな**。　今天會有誰來呢？

・新しい部長はどんな人**かしら（かな）**。　新的部長是什麼樣的人？

❺ かしら：通常是女性使用，用於疑問句，男性使用的話則多用於自言
自語

・明日は金曜日**かしら**。　明天是禮拜五嗎？

・あら、雨**かしら**。　哎呀！是下雨了嗎？

❻ わ：女性用於對家人或朋友時使用

接續方式如下：

◆い形容詞：**寒いわ、寒かったわ**

◆な形容詞：**静かだわ、静かだったわ**

◆名詞：**先生だわ、先生だったわ**

◆動詞：**がんばるわ、がんばったわ**

・おいしい**わ**。　真好吃呀！

・綺麗**だわ**。　真漂亮呀！

❼ の：用於疑問時不分男女皆能用，但肯定句通常是婦女或是小孩使用，置於句尾，用在對小孩或關係比較親密的人

・どうして、にんじん（を）食べない**の**？　為什麼不吃紅蘿蔔呢？

・そんなに行きたい**の**？　你那麼想去嗎？

❽ ぞ：男性用語用來表達強烈的指示或告知，也用於說給自己聽

・あぶない**ぞ**。　危險啊！

・これ、ちょっと、おかしい**ぞ**。　這可有點怪啊！

❾ なあ：用來表示說話者的羨慕語氣

・いい**なあ**。わたしもそんな車が欲しい**なあ**。

　　真好呀！我也好想要那種車子啊！

・いいですね。わたしも旅行したい**なあ**。

　　真好呀！我也好想要去旅行啊！

❿ か：用來表達疑問，也可用於表示確認的語氣

・だれですか。　是誰？

・いい**か**、しっかりやりなさいよ。　聽好了嗎？好好給我做喔！

＼ もっと！／

此部分可以待稍有餘裕時，再回頭來學習喔！

❶ 其他か常用句型

① ＡかＢ　Ａ或Ｂ N4

・来年、父か母と一緒に日本に行きます。

明年要和爸爸或媽媽一起去日本。

・暇な時、本屋かデパートへ行きます。

閒暇時候會去書局或者是百貨公司。

❷ 疑問詞＋か　表示不確定 N5

①何か / どこか / 誰か

・Ａ：「何か食べますか。」　要吃點什麼嗎？

　Ｂ：「ええ、食べたいです。」　好啊！想吃。

　Ａ：「何がいいですか。」　要吃什麼呢？

　Ｂ：「じゃ、ケーキ、お願いします。」　那麼、請給我蛋糕。

・Ａ：「誰か来ましたか。」　是有誰來過了嗎？

　Ｂ：「はい、家族が来ました。」　是的，我家裡的人來了。

❸ ～か～か～　A 或是 B，表示選擇 N5

名詞＋か、名詞＋か　從不確定的兩個事物中，選一個出來

・先生<ruby>先生<rt>せんせい</rt></ruby>**か**誰<ruby>誰<rt>だれ</rt></ruby>**か**に聞<ruby>聞<rt>き</rt></ruby>いてください。　請去請教老師或誰。

・コーヒー**か**ジュース**か**、一<ruby>一<rt>ひと</rt></ruby>つ選<ruby>選<rt>えら</rt></ruby>んでください。

　咖啡或果汁，請選一個。

❹ ～かどうか　是不是～ N4

普通形＋かどうか＋わかりません

用於表達說話者對於「～かどうか」前方出現的內容不清楚之意，後面常常接「わかりません」、「知っていますか」等句型。

・そのところは、おもしろい**かどうか**、わかりません。

　那個地點有不有趣，我不清楚。

・彼女<ruby>彼女<rt>かのじょ</rt></ruby>の話<ruby>話<rt>はなし</rt></ruby>は本当<ruby>本当<rt>ほんとう</rt></ruby>**かどうか**わかりません。

　她說的話是不是真的，並不清楚。

・その店<ruby>店<rt>みせ</rt></ruby>はおいしい**かどうか**知<ruby>知<rt>し</rt></ruby>っていますか。

　那間店好不好吃你知道嗎？

CHAPTER

3

形容詞篇

日語形容詞有分兩種，「い形容詞」和「な形容詞」，在第一時間就要將形容詞是哪一類區分出來，可以減少後續變化出錯的機會喔！

3-1 形容詞的種類

基本上い結尾的都是い形容詞，但有例外：綺麗（漂亮的）、有名（有名的）、嫌い（討厭的）等，只要把例外記起來，就不難分辨囉！

い形容詞	いい（好的）、おいしい（好吃的）、暑い（天氣熱的）、熱い（物品燙的；液體熱的）、寒い（寒冷的）、暖かい（溫暖的）、楽しい（開心的）、おもしろい（有趣的）、赤い（紅色的）、忙しい（忙碌的）、多い（多的）、難しい（困難的）、安い（便宜的）、高い（高的；貴的）……
な形容詞	有名（有名的）、綺麗（漂亮的、乾淨的）、好き（喜歡的）、簡単（簡單的）、暇（閒暇的）、静か（安靜的）、賑やか（熱鬧的）、元気（健康的）、残念（遺憾的）、上手（厲害的）、親切（親切的）、嫌い（討厭的）……

❶ 形容詞的禮貌形

い、な形容詞＋です

・おいしい→おいしいです、有名→有名です

形容詞的否定形

❶ い形容詞

　　將い形容詞結尾部分的「い」去掉之後加上「くないです」。請注意，「いい（好的）」這個字的否定形是用「よい（好的）」來做變化。

❷ な形容詞

　　將な形容詞結尾的部分，加上「じゃないです」。請注意「綺麗（きれい）」、「嫌い（きら）」、「有名（ゆうめい）」不是「い形容詞」。

い形容詞の否定形	な形容詞の否定形
痛（いた）い→痛（いた）**くないです**　不痛的 暑（あつ）い→暑（あつ）**くないです**　不熱的	暇（ひま）→暇（ひま）**じゃないです**　不閒的 簡単（かんたん）→簡単（かんたん）**じゃないです**　不簡單的
いい→★**よくないです**　不好的	嫌（きら）い→嫌（きら）い**じゃないです**　不討厭的

・A：このラーメンはおいしいですか。　　這拉麵好吃嗎？

　B：はい、おいしいです。　好吃。

　　　いいえ、おいし**くないです**。　　不好吃。

形容詞的過去式和過去否定

形容詞可以區分為「い形容詞」和「な形容詞」，由於文法變化不同，因此在第一時間就請先搞清楚是哪一種形容詞喔！

❶ い形容詞

過去式：い形容詞＋去い＋かったです

過去否定：い形容詞否定形＋去い＋かったです

い形容詞（丁寧形）			
現在肯定	**現在否定**	**過去肯定**	**過去否定**
おいしいです	おいし**くないです**	おいし**かったです**	おいし**くなかった**です
<ruby>安<rt>やす</rt></ruby>いです	<ruby>安<rt>やす</rt></ruby>**くないです**	<ruby>安<rt>やす</rt></ruby>**かったです**	<ruby>安<rt>やす</rt></ruby>**くなかったです**
★いいです よいです	よ**くないです**	よ**かったです**	よ**くなかったです**

＊請注意「いい」的變化，皆需以「よい」來變化唷！

❷ な形容詞

　　過去式：な形容詞＋でした

　　過去否定：な形容詞否定形＋去い＋かったです

　　な形容詞變化整理如下表：

な形容詞（丁寧形）			
現在肯定	現在否定	過去肯定	過去否定
静か**です**	静か**じゃないです**	静か**でした**	静か**じゃなかったです**
元気**です**	元気**じゃないです**	元気**でした**	元気じゃなかったです

・Ａ：あの店はおいしいですか。　那間店好吃嗎？

　Ｂ：いいえ、おいし**くない**です。　不好吃。

・Ａ：あの町は静か**でした**か。　那個城鎮以前安靜嗎？

　Ｂ：いいえ、静か**じゃなかった**です。　不，以前不安靜。

＼ テスト！／

請寫出以下 N4、N5 程度的形容詞否定、過去式和過去否定。

い形容詞			
肯定	**否定**	**過去肯定**	**過去否定**
いいです （好的）	よくないです	よかったです	Ⓐ
悪いです （不好的）	Ⓑ	悪かったです	Ⓒ
安いです （便宜的）	Ⓓ	Ⓔ	安くなかった です
な形容詞			
好きです （喜歡的）	Ⓕ	好きでした	Ⓖ
有名です （有名的）	有名じゃない です	Ⓗ	有名じゃな かったです
暇です （有空閒的）	暇じゃない です	Ⓘ	Ⓙ

答え：Ⓐよくなかったです、Ⓑ悪くないです、Ⓒ悪くなかったです、Ⓓ安くないです、
Ⓔ安かったです、Ⓕ好きじゃないです、Ⓖ好きじゃなかったです、Ⓗ有名でした、
Ⓘ暇でした、Ⓙ暇じゃなかったです

70

「どうですか」詢問 對人事物的評價

疑問詞「どう」是用來詢問對人事物的評價，或者用來詢問對方的意願。將要詢問的東西放在助詞「は」的前面。

名詞＋は＋どうですか

・あの店のラーメン**は<ruby>店<rt>みせ</rt></ruby>どうですか**。　那間店的拉麵如何呢？

・Ａ：これ**はどうですか**。　這個怎麼樣？

　Ｂ：いいですよ。　很好喔！

如果是用來詢問對方意願的話，可以用**更有禮貌**的說法「**いかがです
か**」、「**いかがでしょうか**」。

・これは**いかがでしょうか**。　您覺得這個怎麼樣？

而如果是用來詢問「過去」的評價，則需**將「どうですか」變成過去
式「どうでしたか」**來做詢問。

・<ruby>先月<rt>せんげつ</rt></ruby>の<ruby>日本旅行<rt>にほんりょこう</rt></ruby>**はどうでしたか**。　上個月的日本旅行如何呢？

・<ruby>授業<rt>じゅぎょう</rt></ruby>**はどうでしたか**。　課上得如何呢？

初學者容易將「どうですか」、「どうしますか」搞混，進而又將過去式的「どうでしたか」、「どうしましたか」混淆。如前面所述，「どうですか」是用來問「評價」或「意願」的，但「どうしますか」則是用來詢問「該如何做」。例如：

・Ａ：これは**どうですか**。　你覺得這個如何？

　Ｂ：いいですよ。　不錯喔！

・Ａ：これは**どうしますか**。　這個該怎麼辦呢？

　Ｂ：あそこに置いてください。　請放置在那裡。

・Ａ：あの店は**どうでしたか**。　那間店如何呢？

　Ｂ：おいし**かったです**。　很好吃

・Ａ：**どうしましたか**。　怎麼了嗎？

　Ｂ：いいえ、ただ考えているだけです。

沒事，我只是在思考而已。

3-5 形容詞用來表達變化的句型

❶ ～が～なります　變成，表達人、事、物的變化 N5

い形容詞→去い＋く＋なります

・海が冷た**く**なりました。　海變冷了。

・コーヒーを飲みました。体が暖か**く**なりました。

　喝了咖啡。身體變暖和了。

・子供が大き**く**なりました。　孩子長大了。

な形容詞＋に＋なります

・元気**に**なりました。　恢復健康了。

・この辺は賑やか**に**なりました。　這附近變熱鬧了。

名詞＋に＋なります

・彼は日本語の先生**に**なりました。　他成為了日語老師。

・彼女は声優**に**なりました。　她成為了配音員。

❷ ～を～します　使～變成；讓～變成 N4

い形容詞：～を～くします

・髪を短くします。　把頭髮剪短。

・料理を甘くします。　把料理弄甜。

・テレビの音を小さくします。　把電視的聲音弄小聲。

な形容詞：～を～にします

・部屋を綺麗にしました。　把房間打掃乾淨了。

・静かにしてください。　請安靜。

名詞：～を～にします

・母はイチゴをジャムにしました。　媽媽把草莓做成果醬。

・その話を小説にします。　要把那個故事變成小說。

CHAPTER

3-6 形容詞當作 副詞使用 N5

　日文的形容詞，除了放在名詞前面來修飾名詞外，也能夠在變化後放在動詞的前面修飾動詞，當作「副詞」使用。另外，還有幾個形容詞去掉「く」則可以直接當成「名詞」來使用，請詳見文法補給站。

　い形容詞→去い＋く＋動詞

・可愛い＋笑う→可愛く笑う　很可愛地笑

・楽しい＋遊ぶ→楽しく遊ぶ　快樂地遊玩

・細かい＋調べる→細かく調べる　仔細地調查

　な形容詞＋に＋動詞

・きれい→きれいに片付ける　整理得整整齊齊地

・上手→上手に歌う　唱得很好

・簡単→簡単に説明する　簡單地說明

・元気→元気に笑う　笑得很有精神

文法補給站

　　形容詞也能作為名詞使用，這種可以直接將「い形容詞＋去い＋く」

當成名詞使用的い形容詞非常少。

- 近い→近く（附近）　例：わたしは**近くに**住んでいる。

　　　　　　　　　　　　　我住在附近。

- 遠い→遠く（遠處）　例：**遠く**にいる人は父です。

　　　　　　　　　　　　　在遠處的人是我爸爸。

- 早い→早く（一早；早期）　例：父は**朝早く**から働きます。

　　　　　　　　　　　　　爸爸從一早就開始工作。

- 遅い→遅く（很晩）　例：父は**遅く**まで働きます。

　　　　　　　　　　　　　爸爸工作到很晩。

- 多い→多く（很多）　例：その店は**多く**の学生がいます。

　　　　　　　　　　　　　那間店有很多學生。

CHAPTER

4

動詞變化篇

ます形

　　動詞的「ます形」是屬於「禮貌形（或稱為鄭重形、丁寧形）」，在公開場合說話、對不熟的人說話，以及對上位者表達敬意時都需使用「ます形」。

❶ ます形的過去式和過去否定

　　動詞的禮貌形「ます」要怎麼變化呢？否定形只需要把「～ます」改成「～ません」；過去式改成「～ました」；而過去否定則是只要將「～ません」改為「～ませんでした」即可。

禮貌形			
現在式	**現在否定**	**過去式**	**過去否定**
食べ**ます**（吃）	食べ**ません**	食べ**ました**	食べ**ませんでした**
行き**ます**（去）	行き**ません**	行き**ました**	行き**ませんでした**
見**ます**（看）	見**ません**	見**ました**	見**ませんでした**
来**ます**（來）	来**ません**	来**ました**	来**ませんでした**
し**ます**（做）	し**ません**	し**ました**	し**ませんでした**

・A：昨日、台中に行きましたか。　昨天去台中了嗎？

　　B：いいえ、行きませんでした。　沒有，昨天沒去。

・A：朝ごはんを食べましたか。　有吃早餐嗎？

　　B：いいえ、食べませんでした。　沒有吃。

テスト！

來試一試如何將 N5 程度的動詞做動詞變化。

禮貌形			
現在式	現在否定	過去式	過去否定
帰ります（回家）	帰りません	帰りました	帰りませんでした
見ます（看）	Ⓐ	見ました	Ⓑ
Ⓒ（教）	教えません	教えました	Ⓓ
Ⓔ（來）	来ません	Ⓕ	来ませんでした
します（做）	Ⓖ	しました	Ⓗ

答え：Ⓐ見ません、Ⓑ見ませんでした、Ⓒ教えます、Ⓓ教えませんでした、Ⓔ来ます、Ⓕ来ました、Ⓖしません、Ⓗしませんでした

動詞分類

　　如何將日語的動詞分成三個 group？（對！就是三個，沒有第四個囉！）你可能會先疑惑，為什麼要把動詞分類呢？動詞的分類就像程度分班一樣，學五十音的初級生就不適合和考檢定的學員放在同一班。而日語動詞的三個 group 就像需要分班的學員，後面變化的方式是完全不同的，因此要接著做下一個步驟變化前，例如進行式（～ています）、請（～てください）等，就要先分類！

　　動詞變化看似複雜，其實有規則可循，藉由動詞分類，進而可以做出「て形」、「た形」等變化。那麼就來開始進行分類吧！

第 I 類動詞：ます形的「ま」前面是**「い段音」**（い、き、し、ち、に、ひ、み、り），包含它們的濁音和半濁音，基本上就是第一類動詞。

第 II 類動詞：ます形的「ま」前面是**「え段音」**（え、け、せ、て、ね、へ、め、れ）則是第二類動詞，包含它們的濁音和半濁音，**但有幾個例外，請參考表格。**

第 III 類動詞：第 III 類就是「来ます」、「します」、「○○します」，是第三類動詞。

動詞分類	
第Ⅰ類動詞	**ます形前面是い段音** 飲_の**み**ます 書_か**き**ます 呼_よ**び**ます
第Ⅱ類動詞	**ます形前面是え段音** 寝_ねます 教_{おし}**え**ます 食_た**べ**ます **★い段音卻被歸類在第Ⅱ類的動詞** 起_おきます（起床）、浴_あびます（洗澡）、着_きます（穿衣）、見_みます（看見）、借_かります（借入）、足_たります（足夠）、降_おります（下車）、過_すぎます（超過）……
第Ⅲ類動詞	来_きます します ○○します　ex: 勉強_{べんきょう}します、散歩_{さんぽ}します、運動_{うんどう}します、コピーします

學會動詞區分之後，接下來，就可以進行て形變化囉！

\ **テスト！** /

請將以下動詞分成三類至表格裡。

動詞	動詞分類
飲^のみます 運動^{うんどう}します 来^きます 起^おきます 着^きます	第Ⅰ類動詞
食^たべます 読^よみます 話^{はな}します 立^たちます 寝^ねます	第Ⅱ類動詞
急^{いそ}ぎます 待^まちます します	第Ⅲ類動詞

答^{こた}え：第Ⅰ類動詞：飲^のみます、読^よみます、話^{はな}します、立^たちます、急^{いそ}ぎます、待^まちます
第Ⅱ類動詞：起^おきます、着^きます、食^たべます、寝^ねます
第Ⅲ類動詞：運動^{うんどう}します、来^きます、します

4-3 て形變化

學習て型，就能運用更多句型表達更多想法。學習日語的其中一個稍具挑戰的階段就是要將動詞的「ます形」變成「て形」。因此，是很重要的學習項目。

ます形變て形			
動詞分類	**ます形**	**變化方式**	**て形**
	將ます去掉搭配變化成爲て形		
第１類動詞	買_か**い**ます 待_ま**ち**ます 帰_{かえ}**り**ます	い ち り →って	買_かって 待_まって 帰_{かえ}って
	死_し**に**ます 読_よ**み**ます 呼_よ**び**ます	に み び →んで	死_しんで 読_よんで 呼_よんで
	聞_ききます 例外 行_い**き**ます	き →いて	聞_きいて × 行_いいて → ○ 行_いって
	泳_{およ}**ぎ**ます 急_{いそ}**ぎ**ます	ぎ →いで	泳_{およ}いで 急_{いそ}いで
	話_{はな}**し**ます	し →して	話_{はな}して

ます形變て形			
動詞分類	ます形	變化方式	て形
	ます形→去掉ます＋「て」		
第Ⅱ類動詞	見ます→見ます 教えます→教えます 起きます→起きます	→て	見て 教えて 起きて
第Ⅲ類動詞	来ます→来ます	→て	来て
	します→します 散歩します→散歩します	→て	して 散歩して

テスト！

請將底下的幾個動詞先分類再變成て形。

ます形	動詞分類	て形	ます形	動詞分類	て形
飲みます	Ⓐ	Ⓑ	行きます	Ⓒ	Ⓓ
寝ます	Ⓔ	Ⓕ	教えます	Ⓖ	Ⓗ
起きます	Ⓘ	Ⓙ	運動します	Ⓚ	Ⓛ
来ます	Ⓜ	Ⓝ	乗ります	Ⓞ	Ⓟ

答え：Ⓐ Ⅰ、Ⓑ飲んで、Ⓒ Ⅰ、Ⓓ行って、Ⓔ Ⅱ、Ⓕ寝て、Ⓖ Ⅱ、Ⓗ教えて、Ⓘ Ⅱ、Ⓙ起きて、Ⓚ Ⅲ、Ⓛ運動して、Ⓜ Ⅲ、Ⓝ来て、Ⓞ Ⅰ、Ⓟ乗って

ない形（否定形）

ない形是「～ません」普通形的否定形，例如：行きません→行かない（不去），變化方式如下：

第 I 類動詞：將ます形「ま」前面的音，改成**あ段音**（あ、か、さ、た、な、は、ま、や、ら、わ）去掉ます後再**加上「ない」**即可。

第 II 類動詞：直接將「ます」去掉後，加上「ない」。

第III類動詞：需將「来ます」改成「**来**ない」，「します」直接將ます去掉之後，加上「ない」。

動詞分類	ます形	否定形
第 I 類動詞	飲みます	飲まない
	話します	話さない
	書きます	書かない
	呼びます	呼ばない
第 II 類動詞	見ます	見ない
	着ます	着ない
	食べます	食べない
第III類動詞	します	しない
	来ます	来ない　＊注意發音
	運動します	運動しない

如果「ま」前面的音是「い」，例如：会^あいます、合^あいます，則需將「あ」改成「わ」，亦即：会^あいます→会^あわない、合^あいます→合^あわない、吸^すいます→吸^すわない。

＼ テスト！ ／

請將下面的動詞變成否定形。

1. 行^いきます

2. 会^あいます

3. 帰^{かえ}ります

4. 寝^ねます

5. 見^みます

6. 来^きます

7. します

答^{こた}え：1. 行^いかない、2. 会^あわない、3. 帰^{かえ}らない、4. 寝^ねない、5. 見^みない、6. 来^こない、7. しない

4-5 辭書形

　辭書形顧名思義，就是查字典時所使用的形。就像英文一樣，我們無法用 took、taken、taking 在字典裡查找，所以需要用動詞原形，亦即用「take」來查字典，才能找到正確的意思，而日文裡「辭書形」就相當於英文裡動詞原形的意思。

❶ 如何將「ます形」變成「辭書形」呢？

　變化方式一樣是先將動詞區分為三類。

第 I 類動詞：把ます形「ま」前面那個音，改成「う」段音，就成為
　　　　　　　辭書形，記得要把「ます」去掉。

　　　　・行<ruby>き<rt>い</rt></ruby>ます→行<ruby>く<rt>い</rt></ruby>

　　　　・飲<ruby>み<rt>の</rt></ruby>ます→飲<ruby>む<rt>の</rt></ruby>

第 II 類動詞：把「ます」去掉＋「る」就成為辭書形。

　　　　・食<ruby>べ<rt>た</rt></ruby>ます→食<ruby>べる<rt>た</rt></ruby>

　　　　・教<ruby>え<rt>おし</rt></ruby>ます→教<ruby>える<rt>おし</rt></ruby>

第 III 類動詞：請特別記憶！

　　　　・します→する　　・来<ruby>き<rt>き</rt></ruby>ます→来<ruby>る<rt>く</rt></ruby>

動詞分類	ます形	辞書形
第Ⅰ類動詞	書_かきます	書_かく
	立_たちます	立_たつ
	話_{はな}します	話_{はな}す
第Ⅱ類動詞	食_たべます	食_たべる
	寝_ねます	寝_ねる
	着_きます	着_きる
第Ⅲ類動詞	します	する
	来_きます	来_くる ＊注意發音
	運動_{うんどう}します	運動_{うんどう}する

\ **テスト！** /

試著將動詞變為辭書形吧！

1. 行_いきます

2. 食_たべます

3. 乗_のります

4. 降_おります

5. 起_おきます

6. 着_きます

7. 運動_{うんどう}します

8. 来_きます

9. 読_よみます

10. 切_きります

答_{こた}え：1. 行_いく、2. 食_たべる、3. 乗_のる、4. 降_おりる、5. 起_おきる、6. 着_きる、7. 運動_{うんどう}する、8. 来_くる、9. 読_よむ、10. 切_きる

4-6 條件形

　　何謂條件形？就是「如果」達到 A 條件時，B 狀態就會成立。例如：
行<ruby>き<rt>い</rt></ruby>ます→行<ruby>け<rt>い</rt></ruby>ば（如果去的話）、食<ruby>べ<rt>た</rt></ruby>ます→食<ruby>べ<rt>た</rt></ruby>れば（如果吃的
話）。亦即，句子中前項的條件如果達成，那麼後項的結果就會成立。
變化方式一樣用以下三類動詞來變化。

第 I 類動詞：ます形「ま」前面的音，改成え段音後去ます再＋ば

　　　　・帰<ruby>り<rt>かえ</rt></ruby>ます→帰<ruby>れ<rt>かえ</rt></ruby>ば　　如果回去的話

　　　　・呼<ruby>び<rt>よ</rt></ruby>ます→呼<ruby>べ<rt>よ</rt></ruby>ば　　如果叫的話

第 II 類動詞：去掉ます＋れば

　　　　・寝<ruby>ね<rt>ね</rt></ruby>ます→寝<ruby>ね<rt>ね</rt></ruby>れば　　如果睡的話

　　　　・食<ruby>べ<rt>た</rt></ruby>ます→食<ruby>べ<rt>た</rt></ruby>れば　　如果吃的話

第 III 類動詞：・来<ruby>き<rt>き</rt></ruby>ます→来<ruby>れ<rt>く</rt></ruby>ば　　如果來的話

　　　　・します→すれば　　如果做的話

　　　　・勉強<ruby>します<rt>べんきょう</rt></ruby>→勉強<ruby>すれば<rt>べんきょう</rt></ruby>　　如果念書的話

動詞分類	動詞	條件形
第Ⅰ類動詞	読みます	読めば
	急ぎます	急げば
	押します	押せば
第Ⅱ類動詞	教えます	教えれば
	見ます	見れば
	着ます	着れば
第Ⅲ類動詞	来ます	来れば　＊注意發音
	します	すれば
	運動します	運動すれば

＼ テスト！／

請將以下的動詞改成條件形。

1. あります

2. います

3. 聞きます

4. 座ります

5. 来ます

6. します

7. 起きます

8. 浴びます

9. 呼びます

10. 急ぎます

答え：1.あれば、2.いれば、3.聞けば、4.座れば、5.来れば、6.すれば、7.起きれば、8.浴びれば、
　　　9.呼べば、10.急げば

4-7 命令形

CH**4**
動詞變化篇

「命令形」顧名思義是用來表示命令，常用於對當事人的面說，語氣粗魯，因此不能對長輩及上司、老師使用。變化方式為：

第I類動詞：ます形「ま」前面的那一個音轉換成「え」段音，再去掉「ます」，如：行きます→行け。

第II類動詞：直接去掉「ます」加上「ろ」，如：起きます→起きろ。

第III類動詞：請直接記憶「来ます→来い」、「します→しろ」。

動詞分類	動詞	命令形
第I類動詞	行きます 立ちます	行け 立て
第II類動詞	起きます 食べます	起きろ 食べろ
第III類動詞	来ます します 運動します	来い しろ 運動しろ

テスト！

請將以下動詞轉換成命令形。

1. 読みます
2. 降ります
3. 食べます
4. 走ります
5. 飲みます
6. 来ます
7. します
8. 書きます
9. 押します
10. つけます

答え：1. 読め、2. 降りろ、3. 食べろ、4. 走れ、5. 飲め、6. 来い、7. しろ、8. 書け、9. 押せ、10. つけろ

4-8 意向形

意向形是用來表達**說話者的意志和對聽話者的提議**，禮貌形是「しましょう」，意思是：〜吧！變化方式為：

第 I 類動詞：將「ま」前面那一個音變成「お段音」，去掉ます再加上「う」。

第 II 類動詞：將「ます」去掉之後直接加上「よう」。

第 III 類動詞：將「ます」去掉之後直接加上「よう」，します變成「しよう」；「来ます」變成「来よう」。

動詞分類	動詞	意向形
第 I 類動詞	行きます	行こう
	書きます	書こう
	飲みます	飲もう
第 II 類動詞	食べます	食べよう
	寝ます	寝よう
	起きます	起きよう
第 III 類動詞	来ます	来よう ＊注意發音
	します	しよう
	運動します	運動しよう

請將以下動詞轉換成意向形。

1. 座<ruby>座<rt>すわ</rt></ruby>ります

2. 会<ruby>会<rt>あ</rt></ruby>います

3. 遊<ruby>遊<rt>あそ</rt></ruby>びます

4. 集<ruby>集<rt>あつ</rt></ruby>めます

5. 生<ruby>生<rt>い</rt></ruby>きます

6. 急<ruby>急<rt>いそ</rt></ruby>ぎます

7. 教<ruby>教<rt>おし</rt></ruby>えます

8. 運転<ruby>運転<rt>うんてん</rt></ruby>します

9. 来<ruby>来<rt>き</rt></ruby>ます

10. 起<ruby>起<rt>お</rt></ruby>きます

<ruby>答<rt>こた</rt></ruby>え：1. 座<ruby>座<rt>すわ</rt></ruby>ろう、2. 会<ruby>会<rt>あ</rt></ruby>おう、3. 遊<ruby>遊<rt>あそ</rt></ruby>ぼう、4. 集<ruby>集<rt>あつ</rt></ruby>めよう、5. 生<ruby>生<rt>い</rt></ruby>きよう、6. 急<ruby>急<rt>いそ</rt></ruby>ごう、7. 教<ruby>教<rt>おし</rt></ruby>えよう、
8. 運転<ruby>運転<rt>うんてん</rt></ruby>しよう、9. 来<ruby>来<rt>こ</rt></ruby>よう、10. 起<ruby>起<rt>お</rt></ruby>きよう

4-9　た形

　　「た形」是文法變化的其中一種，同時也是「ました」的普通形。如：行<ruby>き<rt>い</rt></ruby>ました→行<ruby>き<rt>い</rt></ruby>った（去了）。那要如何從「ます形」變為「た形」呢？其實非常簡單，前面學過如何將「ます形」轉換為「て形」，而た形只要將「て形」的「て」轉換成「た」即可！例如：

第Ⅰ類動詞：買<rt>か</rt>います→買<rt>か</rt>って→買<rt>か</rt>った

第Ⅱ類動詞：寝<rt>ね</rt>ます→寝<rt>ね</rt>て→寝<rt>ね</rt>た

第Ⅲ類動詞：来<rt>き</rt>ます→来<rt>き</rt>て→来<rt>き</rt>た、します→して→した

	動詞ます形	**て形**	**た形**
第Ⅰ類動詞	買<rt>か</rt>います	買<rt>か</rt>って	買<rt>か</rt>った
	読<rt>よ</rt>みます	読<rt>よ</rt>んで	読<rt>よ</rt>んだ
	行<rt>い</rt>きます	行<rt>い</rt>って	行<rt>い</rt>った
第Ⅱ類動詞	食<rt>た</rt>べます	食<rt>た</rt>べて	食<rt>た</rt>べた
	寝<rt>ね</rt>ます	寝<rt>ね</rt>て	寝<rt>ね</rt>た
	見<rt>み</rt>ます	見<rt>み</rt>て	見<rt>み</rt>た
第Ⅲ類動詞	します	して	した
	来<rt>き</rt>ます	来<rt>き</rt>て	来<rt>き</rt>た

請將以下動詞換成「た形」。

1. 入<ruby>入<rt>はい</rt></ruby>ります

2. 入<ruby>入<rt>い</rt></ruby>れます

3. <ruby>壊<rt>こわ</rt></ruby>します

4. <ruby>育<rt>そだ</rt></ruby>てます

5. <ruby>調<rt>しら</rt></ruby>べます

6. <ruby>吸<rt>す</rt></ruby>います

7. （お<ruby>腹<rt>なか</rt></ruby>が）<ruby>空<rt>す</rt></ruby>きます

8. <ruby>楽<rt>たの</rt></ruby>しみます

9. <ruby>泣<rt>な</rt></ruby>きます

10. <ruby>並<rt>なら</rt></ruby>びます

答え：1. 入<ruby>入<rt>はい</rt></ruby>った、2. 入<ruby>入<rt>い</rt></ruby>れた、3. <ruby>壊<rt>こわ</rt></ruby>した、4. <ruby>育<rt>そだ</rt></ruby>てた、5. <ruby>調<rt>しら</rt></ruby>べた、6. <ruby>吸<rt>す</rt></ruby>った、7. <ruby>空<rt>す</rt></ruby>いた、8. <ruby>楽<rt>たの</rt></ruby>しんだ、
9. <ruby>泣<rt>な</rt></ruby>いた、10. <ruby>並<rt>なら</rt></ruby>んだ

ヒント！

你是否發現**第 I 類動詞**每一段的音，都有它專屬的變化呢！

第 I 類動詞 變化				
否定形	ます形	辭書形	命令形 條件形	意向形
あ か さ た な は ま や ら わ ん	い き し ち に ひ み り	う く す つ ぬ ふ む ゆ る	え け せ て ね へ め れ	お こ そ と の ほ も よ ろ を

外國人在學習日文時，都是從「禮貌形」先開始學習，例如：～です／～でした、～ます／～ました。這是因為學日文通常是為了對外溝通，而非對家人說話，所以直接先從禮貌形開始學起。

但日本人學習的順序剛好是跟我們相反，他們是母語者，自幼是先和家人講話，因此在家裡對家人都是先使用普通形，如：だ／だった、する／した。直到要上學了，才會開始學習禮貌形，例如：食べる（普通形）→食べます（禮貌形）；行く（普通形）→行きます（禮貌形）。

在學習的過程中，非母語的學生因為大量接觸禮貌形，一下子要他們轉換成普通形，通常需要一點時間適應，但是請觀察下表，變化其實是有規則的！

		非過去	
		肯定	否定
い形容詞	禮貌形	おいしい**です**	おいし**くないです**
	普通形	おいしい	おいし**くない**
な形容詞	禮貌形	好^すき**です**	好^すき**じゃないです**
	普通形	好^すき**だ**	好^すき**じゃない**
名詞	禮貌形	教師^{きょうし}**です**	教師^{きょうし}**じゃないです**
	普通形	教師^{きょうし}**だ**	教師^{きょうし}**じゃない**
動詞	I 禮貌形	書^かきます	書^かきません
	I 普通形	書^かく	書^かか**ない**
	II 禮貌形	寝^ねます	寝^ねません
	II 普通形	寝^ねる	寝^ね**ない**
	III 禮貌形	します	しません
	III 普通形	する	**しない**
	III 禮貌形	来^きます	来^きません
	III 普通形	来^くる ＊注意發音	来^こ**ない** ＊注意發音

			過去	
			肯定	否定
い形容詞		禮貌形	おい**しかったです**	おいし**くなかったです**
		普通形	おいし**かった**	おいし**くなかった**
な形容詞		禮貌形	好^すき**でした**	好^すき**じゃなかったです**
		普通形	好^すき**だった**	好^すき**じゃなかった**
名詞		禮貌形	教^{きょう}師^し**でした**	教^{きょう}師^し**じゃなかったです**
		普通形	教^{きょう}師^し**だった**	教^{きょう}師^し**じゃなかった**
動詞	I	禮貌形	書^かきました	書^かきませんでした
		普通形	書^かいた	書^かか**なかった**
	II	禮貌形	寝^ねました	寝^ねませんでした
		普通形	寝^ね**た**	寝^ね**なかった**
	III	禮貌形	しました	しませんでした
		普通形	した	し**なかった**
		禮貌形	来^きました	来^きませんでした
		普通形	来^{きょう}た ＊注意發音	来^こ**なかった** ＊注意發音

你發現了嗎？「名詞」的變化跟「な形容詞」是一樣的！而動詞「～ます」的普通形等於「辭書形」，「～ません」的普通形則等同於「否定形（ない形）」，「～ました」的普通形等於「た形」，「～ませんでした」的普通形則等同於「否定形（ない形）」的「過去式」。

テスト！

（一）請將以下動詞變成「辭書形」和「た形」。

	ます形	辭書形	た形
I	歌います	歌う	歌った
	置きます	Ⓐ	Ⓑ
	押します	押す	Ⓒ
II	教えます	Ⓓ	Ⓔ
	借ります	Ⓕ	Ⓖ
III	来ます	Ⓗ	来た
	します	Ⓘ	Ⓙ

答え：Ⓐ置く、Ⓑ置いた、Ⓒ押した、Ⓓ教える、Ⓔ教えた、Ⓕ借りる、Ⓖ借りた、Ⓗ来る、Ⓘする、Ⓙした

テスト！

（二）請將以下形容詞和名詞變成普通形。

單字	非過去式		過去式	
	肯定	否定	肯定	否定
いいです	いい	Ⓐ	よかった	よくな かった
おいしいです （好吃的）	おいしい	おいしく ない	おいし かった	Ⓑ
静かです （安靜的）	静かだ	静かじゃ ない	Ⓒ	Ⓓ
好きです （喜歡的）	Ⓔ	Ⓕ	好きだった	好きじゃ なかった
雨です （下雨）	Ⓖ	雨じゃない	雨だった	Ⓗ
曇りです （陰天）	曇りだ	Ⓘ	Ⓙ	曇りじゃ なかった

答え：Ⓐよくない、Ⓑおいしくなかった、Ⓒ静かだった、Ⓓ静かじゃなかった、Ⓔ好きだ、
Ⓕ好きじゃない、Ⓖ雨だ、Ⓗ雨じゃなかった、Ⓘ曇りじゃない、Ⓙ曇りだった

CHAPTER

5

日文檢定考
重要句型篇

動詞的變化學習完後，就來學習相關的實用句型吧！

5-1 ます形的常用句型

❶ ～ませんか　要不要一起……？前面常搭配「一緒に」使用，用
「一緒に～ませんか」來進行「邀約」

　Vます＋ませんか

　→同意：「いいですね（よ）」、「～ましょう！」

　　拒絕：「すみません、ちょっと…」　「不好意思，有點……」

　・A：一緒に食事しませんか。　要一起去吃飯嗎？

　　B：いいですね。行きましょう！　好啊。來去吧！

❷ ～ましょう　～吧！向對方提議一起做某事 N5

　Vます＋ましょう

　・出かけましょう！　我們出門吧！

　・早く行きましょう！　早點去吧！

　・勉強しましょう！　一起念書吧！

❸ 〜ながら　一邊〜一邊。表示兩個動作同時進行 N5

　　Ｖます＋ながら

・<ruby>音楽<rt>おんがく</rt></ruby>を<ruby>聞<rt>き</rt></ruby>き**ながら**、<ruby>本<rt>ほん</rt></ruby>を<ruby>書<rt>か</rt></ruby>きます。　一邊聽音樂，一邊寫書。

・テレビを<ruby>見<rt>み</rt></ruby>**ながら**、ご<ruby>飯<rt>はん</rt></ruby>を<ruby>食<rt>た</rt></ruby>べます。　一邊看電視，一邊吃飯。

❹ 〜たいです　想要〜。用於第一人稱，或第二人稱疑問句 N5

　　*如果是要描述第三人稱的想要，要用〜たがっています，請參考 CH8 的文法補給站。

　　Ｖます＋たい

・<ruby>西瓜<rt>すいか</rt></ruby>を<ruby>食<rt>た</rt></ruby>べ**たい**です。　我想吃西瓜。

・<ruby>映画<rt>えいが</rt></ruby>を<ruby>見<rt>み</rt></ruby>**たい**です。　我想看電影。

・<ruby>一杯<rt>いっぱい</rt></ruby>、<ruby>飲<rt>の</rt></ruby>み**たい**ですか。　想喝一杯嗎？

❺ 〜Ｖます＋に＋<ruby>行<rt>い</rt></ruby>きます／<ruby>来<rt>き</rt></ruby>ます／<ruby>帰<rt>かえ</rt></ruby>ります　去做〜、來做〜、回來做〜 N5

　　搭配具有「移動性」性質的動詞，「<ruby>行<rt>い</rt></ruby>きます」、「<ruby>来<rt>き</rt></ruby>ます」、「<ruby>帰<rt>かえ</rt></ruby>ります」等…可以表示移動的**目的**。在第二章助詞時有學過表示方向的助詞「へ」（當助詞時，念作「え」），以及表示歸著點的助詞「に」，但在這個句型裡面的助詞不是表示「歸著點」，而是表示「目的」。

・わたしは子供を迎えに行きます。　我去接小孩。

・コンサートを聞きに来ました。　我來聽演唱會。

　如果是動作性名詞，例如勉強、買い物、運動、仕事、練習……可以直接用「名詞＋に」的方式來表達「目的」。

動作性名詞＋に＋移動動詞（行きます、来ます、帰ります）

・買い物に行きます。　去購物。

・練習に来ました。　來練習。

＊動作性名詞＋します即成為動詞。

❻ ～ましょうか　我來～吧？說話者提議為對方做某行為 N5

Ｖます＋ましょうか

・ちょっと暑いですね。窓を開けましょうか。

　有一點熱對吧！我來開窗如何？

・暗いですから、電気をつけましょうか。

　因為有點暗，我來開電燈如何？

❼ ～やすいです／にくいです　某件事物的性質是簡單的／困難的 N4

Ｖます＋やすい／にくい

・このペンは書きやすいです。　這支筆很好寫。

・この本は字が小さいです。読み**にくい**です。

這本書的字太小很難閱讀。

❽ ～すぎます　太過～。用來表示超過某程度 N4

Ｖます＋すぎます

・昨日、飲み**すぎました**。　昨天喝太多了。

・食べ**すぎて**、太りました。　吃太多所以變胖了。

❾ ～そうです　看起來好像～。表達人事物的樣態 N4

＊請參考 CH15 易混淆篇文法說明

Ｖます＋そうです

・あの木が倒れ**そうです**。　那棵樹看起來快要倒了。

・その魚は死に**そうです**。　那隻魚看起來快要死了。

・雨が降り**そうです**。　看起來要下雨了。

❿ ～なさい　表示命令。對晚輩或親近的人使用 N4

Ｖます＋なさい

・早く起き**なさい**。　快起床！　・早く行き**なさい**。　快去！

文法補給站

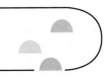

❶ ながら的潛規則

在日語裡有「ながら運転」的說法，這是一種危險的行為，意思就是邊開車邊滑手機，或做其他事情的意思。

・携帯をいじり**ながら**、運転します。　　一邊滑手機，一邊開車。

在初級階段，可能就已經學過「一邊～一邊～」的句型，但並非所有動詞都可以這麼使用，沒有時間展開可能性的動詞，像是：瞬間動詞，是無法使用「ながら」的，例如「座ります（坐下）」、「立ちます（站立）」都是屬於**瞬間動詞**，無法和「ながら」連用。

・× 座りながら、新聞を読みます。　　一邊坐下，一邊看報紙。

・× 立ちながら、新聞を読みます。　　一邊站著，一邊看報紙。

另外，「ながら」的句型裡「Ａながら Ｂ」，**後項的動詞才是主要動作，**前面的 Ａ 是附帶的動作，因此，不能把「携帯をいじり**ながら**、運転します」改成「運転しながら、携帯をいじります」！

CHAPTER
5-2 て形的常用句型

❶ ～てください　請～ N5

・塩を取って**ください**。　　請幫我拿鹽。
　しお　と

・ちょっと待って**ください**。　　請稍等。
　　　　　ま

❷ ～てから　在～之後 N5

・電話をかけ**てから**、友達の家に行きます。
　でんわ　　　　　　　ともだち　いえ　い

　打了電話之後再去朋友家。

・手を洗っ**てから**、ご飯を食べます。　　洗手之後再吃飯。
　て　あら　　　　　　はん　た

❸ ～くて～／～で～　兩個形容詞的並列 N5

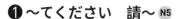

　い形容詞去い＋くて／な形容詞＋で

・林さんは**綺麗で**明るい人です。そして、料理も上手です。
　りん　　　きれい　あか　　ひと　　　　　　　　　りょうり　じょうず

　林小姐是很漂亮而且個性開朗的人。此外，也很會料理。

・あのレストランは**安くて**おいしいですよ。
　　　　　　　　　　やす

　那間餐廳既便宜又好吃喔。

ヒント！

　用「て形」連接兩個形容詞時，請謹記「Ａ形容詞＋くて（で）、Ｂ形容詞です」時，Ａ與Ｂ的評價必須一致，比方說好吃（正面評價）又便宜（正面評價），或是難吃（負面評價）又貴（負面評價）。

　如果有個句子這樣寫：あのレストランは高くておいしいです。會顯得奇怪。一般來說餐廳貴不一定是正面評價，但好吃一定是正面評價。因此，「貴」與「好吃」不一定呈正相關，所以不能用「て形」連接，須以表達逆接的「～が」、「～けれど」來連接。

　　　・あのレストランは高いですが、おいしいです。

　　　那間餐廳雖然貴，但是好吃。

❹〜てもいいですか　尋求對方許可 N4

・早退してもいいですか。　可以先行離開嗎？

・ここに車を止めてもいいですか。　車子可以停在這裡嗎？

❺〜てはいけません　禁止做某行為 N4

・図書館の中で、大声で話してはいけません。　在圖書館裡不能大聲說話。

・校門の前に、車をとめてはいけません。　校門前不能停車。

❻〜てほしいです　希望對方做某行為 N4

・手伝ってほしいです。　希望你能幫忙。

・うそをつくのはやめてほしいです。　希望你不要再說謊了。

❼ ～てあげます　這個句型意思為「為對方做某個行為」 N4

・わたしは彼女にこの方法を教え**てあげました**。　我教她這個方法。

・娘に数学を教え**てあげます**。　教女兒數學。

＼ ヒント！ ／

　這個句型並不適合對上司、長輩、老師用！由於意思是「為對方做某件事情」，會有「強加於人」、「給予對方恩惠」的意思。

❽ ～てもらいます、～ていただきます　說話者（主語）由對方那裡得到幫助和恩惠 N4

・（わたしは）彼女に家事を手伝っ**てもらいます**。

　我請她幫我做家事。

・あのう、すみません、写真を撮っ**てもらってもいいですか**。

　不好意思，可否請你幫我拍照呢？

◆比起「～てもらいます」，「～ていただきます」更尊敬

・先生に論文を見**ていただきました**。　請老師幫忙看過論文了。

・皆さんにいろいろ教え**ていただいて**、ありがとうございました。

　承蒙各位教導我許多，非常感謝。

❾ 〜てくれます、〜てくださいます　句子裡的主語給予說話者幫助和恩惠 N4

・彼女が（わたしに）家事を手伝っ**てくれます**。　她幫忙我做家事。

・ノートを貸し**てくれて**、どうもありがとう！　謝謝借我筆記本。

◆比起「〜てくれます」，「〜てくださいます」更尊敬

・先生が論文を直し**てくださいました**。　老師幫我修改了論文。

・教え**てくださって**、どうもありがとうございます。　感謝您教導我。

ヒント！

　動詞：くださる→變化特殊，是くださいます，不是くださります。

　另❼〜❾可繼續參考 CH6-4 授受動詞單元。

＊除了ます形，其餘都是以くださる來變化，例如「教えてくださらないでしょう。（您大概不會教我吧！）」。

❿ 〜てよかった　〜太好了 N4

・早く来**てよかった**です。　早點來真是太好了。

・間に合っ**てよかった**です。　有趕上真是太好了。

⓫ 〜ています　正在（或是表某「狀態」） N4

＊參考 CH8 〜ている章節文法說明

・着物を着**ています**。　穿著和服。（表示狀態）

・着物を着**ています**。　正在穿和服。（表示動作進行中）

て形＋補助動詞

　「補助動詞」就是在「て形」的後面加上補充說明前面「て形」狀態
的動詞，讓動作更清楚明確。例如：持っています，是僅有「擁有某物」
的意思，但加上「～いきます」後，成為持っていきます，就有「帶去」
之意；或是加上「～きます」，成為持ってきます，就是帶來之意。

❶ ～てしまいます　有「徹底做完某行為」或「因某行為而感到遺憾之意」 N4

・ケーキを全部食べ**てしまいました**。　　把蛋糕全部吃完了。

・財布をなくし**てしまいました**。　　把錢包給弄丟了。

❷ ～てあります N4　　＊參考 CH6 自他動詞單元

　「～てあります」是在完成某個動作之後，那個狀態還持續存在，
保留著動作主（或自然現象如：風）在完成該動作後離去，該物品依
然呈現施予動作後的狀態。

・わたしはお皿を並べます。　　我排餐盤。

→お皿が並べ**てあります**。　　餐盤排好了。

前者指人為的意志行為；後者則是呈現有人排過盤子後，盤子持續呈現被排好的狀態。

・わたしはパソコンを置きます。　我放電腦。

→パソコンが置いてあります。　放有電腦。

前者指人為的動作放置電腦，後者指電腦放置之後持續呈現的狀態。

❸～ておきます　有「事先準備某事」與「放任維持原狀」之意 N4

＊參考 CH6 自他動詞單元

①「事先準備做某事」

・かばんに書類を入れて**おきました**。　在皮包裡面事先放進了文件。

・コーラを冷蔵庫に冷やして**おきました**。

已將可樂事先放在冰箱裡面冰。

②「放任維持原狀」

・エアコンをそのままつけて**おいてください**。

請將冷氣就那樣子開著。

・Ａ：飲み物を冷蔵庫から出して**おきましょうか**。

要我把飲料先從冰箱裡面拿出來了嗎？

　Ｂ：まだ早いから、そのまま冷やして**おいてください**。

因為還早，就請先那樣子冰著。

❹ ～てみます　試著～ N4

・A：これ、おいしいですよ。　這個好吃喔！

　B：そうですか。食べてみます。　是這樣子啊！我吃吃看。

・A：このスカート、素敵です。　這裙子真好看。

　B：どうぞ、はいてみてください。　請試穿看看。

❺ ～てみませんか　要不要試試看呢？ N4

・この雑誌はおもしろいですよ。読んでみませんか。

　這個雜誌很有趣哦！你要不要看看呢？

・この問題は難しいです。先生に聞いてみませんか。

　這個問題有點難。要不要問老師呢？

＼ ヒント！ ／

　「て形」後面的補助動詞因為僅剩文法功能，所以即便原本的動詞有漢字，作為補助動詞使用時，不需寫漢字！

❻ ～てきます、～ていきます N3

　「～動詞て形＋きます」是用來表示朝說話者的發話位置「逐漸接近」的向心動作，而「～動詞て形＋いきます」則是用來表示從說話者的發話位置逐漸「遠離而去」的離心動作。

① 〜てきます　朝說話者所在位置接近

・地震で、棚から本が落ち**てきました**。

　　因為地震，書從書架上掉落了。

・昔の同級生はメールを送っ**てきました**。　以前的同學寄信給我。

② 〜ていきます　從說話者所在位置遠離

・学校まで歩い**ていきます**。　走路到學校。

・バス停まで走っ**ていきます**。　用跑的到巴士站。

③ 和變化的動詞一起使用，表示事物逐漸產生變化的樣子

・寒くなっ**てきます**。　變得越來越冷。

・価格が上昇し**てきました**。　價格上升了。

・年を取ると、だんだん太っ**ていきます**。　隨著年紀增長，漸漸變胖。

＼ ヒント！／ ─────────────────

　　「〜てきます」除了上述的意思和用法之外，也有「〜去去就回」
的意思，例如：

・荷物を置いてきます。　我放好行李後就回來。

・書類を渡してきます。　我交好資料就回來。

請填入適當的補助動詞及正確的形態。

1. ポスターが壁<ruby>壁<rt>かべ</rt></ruby>にはって＿＿＿＿＿＿。

   牆上貼著海報。（動詞：はります）

2. 電気<ruby>電気<rt>でんき</rt></ruby>が消<ruby>消<rt>け</rt></ruby>して＿＿＿＿＿＿。　電燈已經關了。（動詞：消します）

3. 椅子<ruby>椅子<rt>いす</rt></ruby>とお皿<ruby>皿<rt>さら</rt></ruby>を先<ruby>先<rt>さき</rt></ruby>に並<ruby>並<rt>なら</rt></ruby>べて＿＿＿＿＿＿。

   把椅子跟盤子事先擺好吧。（動詞：並べます）

4. ドアが開<ruby>開<rt>あ</rt></ruby>けて＿＿＿＿＿＿＿＿。　門開著。（動詞：開けます）

5. お客様<ruby>客様<rt>きゃくさま</rt></ruby>が来<ruby>来<rt>く</rt></ruby>るから、家<ruby>家<rt>いえ</rt></ruby>を片付<ruby>片付<rt>かたづ</rt></ruby>けて＿＿＿＿＿＿＿。

   因為客人要來，請把家裡打掃乾淨。（動詞：片付けます）

6. 好<ruby>好<rt>す</rt></ruby>きな番組<ruby>番組<rt>ばんぐみ</rt></ruby>が始<ruby>始<rt>はじ</rt></ruby>まるから、テレビをそのままつけて＿＿＿＿＿＿＿

   ください。

   喜歡的節目就要開始了，請讓電視一直開著吧。（動詞：つけます）

7. これ、おいしい！食<ruby>食<rt>た</rt></ruby>べて＿＿＿＿＿＿？

   這好吃！要不要吃吃看？（動詞：食べます）

<ruby>答<rt>こた</rt></ruby>え：1. あります、2. あります、3. おきましょう（おいてください）、4. あります、5. おいて
　　ください、6. おいて、7. みませんか

文法補給站

❶ 常見的幾個補助動詞彙整如下表：

意涵	補助動詞	例句
表示進行、狀態、週而復始的習慣	～ている	食<small>た</small>べ**ている**。　正在吃。（進行中） 落<small>お</small>ち**ている**。　掉落著。（狀態） 日本語<small>にほんご</small>を教<small>おし</small>え**ている**。　教日文。（週而復始）
物體被施予行為或動作後呈現的持續狀態	～てある	ドアが開<small>あ</small>け**てある**。　門開著。 お皿<small>さら</small>が並<small>なら</small>べ**てある**。　有盤子排列著。
事物及動作的累積、持續、方向	～ていく	会社<small>かいしゃ</small>まで歩<small>ある</small>い**ていく**。　走路到公司。（方向） 失業者<small>しつぎょうしゃ</small>が増<small>ふ</small>え**ていく**。　失業者逐漸增加。（變化） 太<small>ふと</small>っ**ていく**。　一直胖下去。（變化）
事物及動作的累積、事物的變化、方向	～くる	だんだん寒<small>さむ</small>くなっ**てきた**。　漸漸變得寒冷。 雪<small>ゆき</small>が降<small>ふ</small>っ**てきた**。　下雪了。 持<small>も</small>っ**てきた**。　帶過來了。
1. 預先做好某行為 2. 使事物維持原來的狀態	～ておく	友達<small>ともだち</small>が来<small>く</small>るから、部屋<small>へや</small>を片付<small>かたづ</small け**ておく**。 由於朋友來家裡所以事先打掃房間。（事先） 後<small>あと</small>で使<small>つか</small>うから、エアコンをそのままつけ**ておく**。 之後因為還要使用，就把冷氣那樣開著。（維持原來的狀態）

意涵	補助動詞	例句
嘗試做某動作	～てみる	彼女の手料理を食べ**てみた**。 試吃了女友的親手料理。
展現決心做某事給他人看	～てみせる	今度こそ、絶対に成功し**て見せる**。 這次絕對成功給你看。
1. 某行為徹底完成 2. 表示遺憾	～てしまう	仕事を終わらせ**てしまいました**。 把工作完全做完了。（某行為徹底完成） 携帯を水の中に落とし**てしまいました**。 把手機掉進水裡了。（表示遺憾）
為別人做某行為	～てあげる	彼氏に弁当を作っ**てあげる**。　給男朋友做便當。
別人為我做某行為	～てくれる	母が弁当を作っ**てくれる**。　媽媽為我做便當。
得到別人為我做的行為	～てもらう	わたしは母に弁当を作っ**てもらった**。 我請媽媽為我做便當。
對下位者做的行為	～てやる	息子に数学を教え**てやる**。　教兒子數學。
為上位者做的行為	～てさしあげる	先生に引越を手伝っ**て差し上げました**。 幫忙老師搬家。
上位者為說話者做的行為	～てくださる	先生が論文を直し**てくださいました**。 老師幫忙修改論文。
說話者得到上位者的行為	～ていただく	部長の奥様にお弁当を作っ**ていただきました**。 承蒙部長的老婆做便當給我。

テスト！

看完補給站，再來試試填入適當的補助動詞型態。

1. 道に財布が落ちて_____。　錢包掉在馬路上。

2. あしたパーティーなので、飲み物をたくさん買って____ました。　因為明天有派對，所以事先買了很多喝的。

3. これ、食べて____てください。　請吃看看這個吧！

4. お兄ちゃんが1人でケーキを全部食べて_____ました。

   哥哥一個人把蛋糕全部吃完了。

5. 失恋しても、ひとりでしっかり生きて_____。

   就算失戀了，一個人也要好好地活下去。

6. 雨が降って_____。早く帰りましょう。　下起雨了。快回家吧！

7. 部長の奥さんがおいしい弁当を作って_____。

   部長夫人為我做了很好吃的便當。

8. わたしは部長の奥さんにおいしい弁当を作って_____。

   部長夫人為我做了好吃的便當。

9. 部屋の中に椅子と机が並べて_____。　房間裡擺有桌子跟椅子。

10. 毎日、自分の娘に弁当を作って_____。　每天都為女兒做便當。

答え：1. います、2. おき、3. み、4. しまい、5. いきます、6. きました、7. くださいました、8. いただきました、9. あります、10. あげます（やります）

普通形的常用句型

❶ ～かもしれません　或許；大概～ N4

[い形容詞、動詞普通形／な形容詞、名詞]＋かもしれません

說話者對於事態成立的確性度不高所做的推測

・富士山では、昨日雪が降った**かもしれません**。

　富士山昨天可能下雪了。

・彼女は食事会に来ない**かもしれません**。

　她大概不會來參加餐會吧！

・A：田中さんはどこにいますか。　田中先生在哪裡呢？

　B：よくわかりませんが、プールで泳いでいる**かもしれません**。

　　我不是很清楚，大概是在泳池游泳吧。

・風邪**かもしれません**。　　大概是感冒。

・明日は暇**かもしれません**。　　明天大概有空吧。

> ヒント！
>
> 當「名詞」跟「な形容詞」要接表達推測的「かもしれない」時，記得去掉「だ」喔！
>
> ・日本人<ruby>日本人<rt>に ほんじん</rt></ruby>**だかもしれない**。　或許是日本人。
>
> ・<ruby>賑<rt>にぎ</rt></ruby>やか**だかもしれない**。　或許很熱鬧。

❷ 〜でしょう／だろう　大概〜吧！

動詞、い形容詞普通形＋でしょう／だろう

な形容詞、名詞＋でしょう／だろう

＊でしょう是だろう的禮貌形

・<ruby>午後<rt>ご ご</rt></ruby>は<ruby>雨<rt>あめ</rt></ruby>が<ruby>降<rt>ふ</rt></ruby>る**でしょう**。　下午大概會下雨吧！

・<ruby>来週<rt>らいしゅう</rt></ruby>も<ruby>寒<rt>さむ</rt></ruby>い**でしょう**。　下週大概很冷吧！

・あの<ruby>辺<rt>へん</rt></ruby>は<ruby>静<rt>しず</rt></ruby>か**でしょう**。　那一帶應該很安靜吧！

・あの<ruby>人<rt>ひと</rt></ruby>は<ruby>日本人<rt>に ほん じん</rt></ruby>**でしょう**。　那個人是日本人吧！

❸ 〜と思います　我想是；我認為是〜 N4

［形容詞、名詞、動詞普通形］＋と思います

用來表達說話者個人的意見、推斷或是判斷，要注意的是說話者的「わたしは」常常會被省略，即便句子裡面依然出現了「～は」（如下面例句裡「彼女は」的「は」）但整句話依然是「說話者」的判斷！如：

- （**わたしは**）彼女は帰ったと**思います**。

  我認為她已經回去了。（在這個句子裡面，是「我」認為而非「她」認為。）

- 彼女は帰ったと**思います**。　我認為她已經回去了。

  （在這個句子裡面，即便省略了「わたしは」，依然是「我」認為而非「她」認為。）

①**動詞普通形＋と思います**

- あした、雨が降ると**思います**。　我認為明天會下雨。

- 彼女は風邪を引いたと**思います**。　我認為她感冒了。

②**い形容詞普通形＋と思います**

- あした寒いと**思います**。　我認為明天會冷。

- その店は安くないと**思います**。　我認為那間店應該不便宜。

③**名詞＋だ＋と思います**

- あの人は日本人だと**思います**。　我認為他是日本人。

- 彼女は小説家だと**思います**。　我認為她應該是小說家。

④**な形容詞＋だ＋思います**

- その辺は静かだと**思います**。　我認為那一帶很安靜。

・タクシーで行ったほうが便利だと思います。

我認為搭計程車去比較方便。

ヒント！

除了像上面出現過的例句「その店は安くないと思います。」（我認為那間店應該不便宜），句子中用否定的方式之外，也可以使用「～と思いません」。變成「その店は安いと（は）思いません。」（我不認為那間店便宜）。

❹ 普通形と言っていました　～說了～。傳達第三人所說的內容 N4

・母はそのレストランはおいしいと言っていました。

媽媽說那間餐廳好吃。

・母は明日会社を休むと言っていました。

媽媽說明天要跟公司請假。

・弟は仕事を辞めたと言っていました。　弟弟說他把工作辭了。

❺ 普通形＋んです、～んですか　針對眼前所見到、聽到的事情做說明或詢問時 N4

[い形容詞、動詞普通形]＋んです／[な形容詞、名詞]
＋な＋んです

・カレーを食べたんですか。　（在聞到咖哩味的時候）你吃了咖哩嗎？

・旅行に行く**んですか**。 （見到對方提著行李時）你是要去旅行嗎？

・彼女のご主人は日本人**なんですよ**。

（聽到女明星講日語感到好奇，朋友回答說）她的老公是日本人唷！

❻ 對方針對眼前現象做詢問，回答時，需要加上表示說明的「から」或是「〜んです」

A：どうして〜**んですか**。 為什麼〜呢？

B：〜です**から**或**んです**。 因為〜所以

①看見對方餐盤上還剩下魚，或聽到對方說不吃魚的時候詢問原因。

・A：**どうして**魚を食べない**んですか**。 為什麼不吃魚呢？

B：魚が苦手です**から**。 因為我不是很喜歡吃魚。

②（針對昨日 A 沒去）詢問原因

・A：**どうして**昨日行かなかった**んですか**。 為什麼昨天沒有去呢？

B：雨が降った**んです**。 因為下雨了。

5-5 ない形的常用句型

❶ ～ないでください　請不要～

・廊下で走ら**ないでください**。　請不要在走廊上奔跑。

・そのケーキはわたしのです。食べ**ないでください**。

　那蛋糕是我的，請不要吃。

❷ ～ないで、～　不做～，而做～ N5

・朝ごはんを食べ**ないで**、会社に行きました。

　沒吃早餐就去公司了。

・傘を持た**ないで**、出かけました。　沒帶傘就出門了。

❸ ～なくて、～　因為沒有～所以～ N5

・雨が降ら**なくて**、水不足になりました。

　因為沒有下雨，所以就變成缺水了。

・家族に会え**なくて**、寂しいです。　見不到家人，覺得很寂寞。

❹ ～なければならないです　非～不可 N5

・レポートを提出し**なければなりません**。　非得提出報告不可。

・もう時間がありません。急が**なければなりません**。

已經沒時間了，非得快一點了。

❺ ～なくてもいいです　即便不～也可以 N5

・あした来**なくてもいい**です。　明天不用來也行。

・あしたは学校へ行か**なくてもいい**です。　明天不去學校也行。

❻ ～ないほうがいいです　不要～比較好 N4

・その肉は新鮮じゃないです。食べ**ないほうがいい**です。

那肉已不新鮮了，最好不要吃。

・一人で山に登ら**ないほうがいい**です。　不要一個人登山比較好。

❼ ～ないように　為了不～而～ N4

・テストに遅れ**ないように**、早く家を出ました。

為了考試不要遲到，早一點出門了。

・上着を間違え**ないように**、名前を書きました。

為了不要搞錯外衣，而寫上了名字。

❽ ～ずに　沒有～而～ N4

表示未做前項的狀態下，而做後項的動作。語氣比較生硬**多用在書面上**。意思同「～ないで」。＊します→**～せずに**

・連絡**せずに**、学校を休みました。　沒有跟學校聯絡，就翹課了。

・調味料を使わ**ずに**、料理を作りました。　不使用調味料做料理。

文法補給站

❶ 〜なくて vs. 〜ないで

想想看，底下這個句子應該是接 a 還是 b 呢？

朝_{あさ}ごはんを食_たべなくて、_____?

a. 会社_{かいしゃ}に行_いきました。

b. お腹_{なか}が空_すきました。

答案是「**b**」，你答對了嗎？「〜ないで」和「〜なくて」是容易搞混的句型，「〜ないで」是「不做前項，做後項動作」的句型，而「〜なくて」則是「因為沒有做前項，而導致後項」的句型喔！

①〜ないで的用法

◆表「不做〜而做〜」

・お盆休_{ぼんやす}みは出_で掛_かけ**ないで**、家_{いえ}でゆっくりします。

　盂蘭盆會假期不出門，在家悠閒度過。

・朝_{あさ}ごはんを食_たべ**ないで**、学校_{がっこう}に行_いきました。

　不吃早餐，就直接去學校了。

◆表「在沒有～的情況下做～」

・教科書を見**ないで**、宿題をやります。　不看教科書，做功課。

・勉強し**ないで**、試験に参加します。　不讀書，就直接參加考試。

② ～なくて的用法

◆表「並列」，意思是「既不～也不～」

・結婚するなら、お酒も飲まなくて、たばこも吸わない人がいい

　です。　如果要結婚的話，希望是不喝酒也不抽菸的人較好。

・あの家は広く**なくて**、新しくないです。

那個家既不大也不新。

◆表「原因、理由」，「因爲～所以～」

・ゆうべ、眠れ**なくて**、今は眠いです。

昨晚睡不著，現在很想睡。

・朝ごはんを食べ**なくて**、お腹が空きました。

早上沒吃早餐，肚子餓了。

意向形的常用句型

❶ 〜意向形 N5

所謂的意向形就是「〜ましょう」的普通形，當面對家人或比較熟識的朋友，可以用意向形來取代「〜ましょう」。意向形有以下幾種常見用法：

・食べましょう→食べよう　吃吧！

・行きましょう→行こう　去吧！

① 用於自言自語之時

・今日からテスト、頑張ろう。　從今天開始要多努力在考試了。

・明日また来よう。　明天再來吧！

② 用於對親近的人的勸誘

・今日、外で食べよう。　今天我們在外面吃吧！

・早く片付けよう。　趕快收拾好吧！

❷ 意向形＋と思います（第三人稱：思っています）　打算做某事 N4

・明日は５時くらいに起きようと思います。

　　打算明天早上５點左右起床。

・JLPT に挑戦しようと思います。　打算要來挑戰日文能力檢定。

・娘は留学しようと思っているようです。　女兒好像打算要留學。

＼ ヒント！ ／

　　第一人稱可以使用「～と思う」「～と思っている」兩種，但是第三人稱的話，只能使用「～と思っている」！此外，「～と思う」是一般的想法或當下瞬間的想法，而「～と思っている」則是一直以來的想法。

❸ 意向形＋とします、意向形＋とした時　正準備要～ N4

　　表示某動作即將開始的狀態，而尚未完全達到某個狀態的前一瞬間，常和「～時、ところ」等一起使用。

・今、出かけようとしています。　現在正打算要出門。

・家に帰ろうとした時、お客様が来ました。

　　正打算要回家的時候，客人來了。

・寝ようとした時、突然友達が来てしまいました。

　　正打算要睡的時候，朋友竟然來了。

5-7 辭書形的常用句型

❶ 趣味は〜ことです　興趣是〜 N5

・わたしの趣味は映画を**見ることです**。　　我的興趣是看電影。

＼　**ヒント！**　／

　　這種句型容易寫成「わたしの趣味は映画を見ます」，這是不對的，「わたしの趣味は〜」後面必須接「名詞」。如果想接「動詞」，需要透過將動詞轉換成名詞的步驟，亦即「辭書形＋こと」，即可將動詞「名詞化」。

❷ 〜前に　在〜之前 N5

辭書形＋前に／名詞＋の前に　在〜之前

＊參考 CH15 易混淆篇

・日本に来る**前に**、日本語を勉強しました。　來日本之前學了日語。

・テスト**の前に**、復習しました。　考前先複習過了。

❸ ～な　不准～表「禁止」的意思 N4

　　辭書形＋な（禁止形）

　　這個句型不能用於長輩、上司和老師等上位者或不熟識的人。

　　・言うな。（不准說！）　　・行くな。（不准去！）

❹ ～に使います、～のに使います　用於～ N4

　　N1 は N2 に使います／N1 は辭書形＋のに使います

　　N1 是為了用於 N2

　　・A：この部屋は何に使いますか。　這個房間是要用來做什麼的呢？

　　　B：この部屋は会議に使います。　這個房間是用來開會的。

　　・A：この粉は何に使いますか。　這個粉是要用來做什麼的呢？

　　　B：ケーキを作るのに使います。　是用來做蛋糕的。

❺ ～ことにします　決定～ N4

　　辭書形＋ことにします　決定～　表示說話者意志性的決定。

　　＊參考 CH15 易混淆篇

　　・来年日本に留学することにしました。　決定明年要去日本留學。

❻ ～ことになります　變成～，用於說話者意志無法改變的結果上 N4

辭書形＋ことになります

＊參考 CH15 易混淆篇

・来週_{らいしゅう}から夜勤_{やきん}する**ことになりました**。　　從下週開始變成夜班。

❼ ～ことができます　會；可以～ N4

辭書形＋ことができます

・わたしは英語_{えいご}を話_{はな}す**ことができます**。　　我會說英語。

・美術館_{びじゅつかん}で写真_{しゃしん}を撮_とる**ことができません**。　　在美術館不能拍照。

❽ ～べきです、～べきじゃないです　應該、不應該 N3

辭書形＋べきです、辭書形＋べきじゃないです

＊參考 CH15 易混淆篇

・図書館_{としょかん}の中_{なか}で、小_{ちい}さい声_{こえ}で話_{はな}す**べきです**。

在圖書館中說話應該要小聲。

・テストの前日_{ぜんじつ}、漫画_{まんが}を読_よむ**べきじゃないです**。

考試的前一天不應該看漫畫。

た形的常用句型

❶ ～たあとで　在～之後 N5

～たあとで／名詞＋の＋あとで

・コーヒーを飲んだあとで、仕事をしました。

　　在咖啡喝完了之後就工作了。

・ご飯のあとで、本を読みます。　　吃完飯之後看書。

❷ ～たり、～たりします　既…也…／時而～時而～表示列舉動作 N5

V1 た形＋り、～ V2 た形＋りします

這個句型用來表示列舉出「複數」的動作，雖然只舉 V1 跟 V2 兩個動作，其實還有其他的動作只是沒有特別敘述，也可只使用一個「～たり」的句型，例如：「家事をしたりしました。」記住最後的します別漏了。

・先週末、洗濯をしたり、食材を買ったりしました。

　　上週末洗衣服、買食材等等。

・雨が降ったり、止んだりしています。　　雨下了又停，停了又下。

❸ ～たことがあります　曾經～表示經驗 N4

た形＋ことがあります

*參考 CH15 易混淆篇

・富士山に登っ**たことがあります**。　我曾經爬過富士山。

・一人でホラー映画を見**たことがあります**か。

　你有過一個人看恐怖電影的經驗嗎？

・中国の玉竜雪山に行っ**たことがあります**。

　我去過中國的玉龍雪山。

❹ ～まま　以～狀態，就～ N3

　～た形＋まま／名詞＋のまま

這個句型是指並未改變 A 的狀態而進到下一個動作 B。如：

・くつを履い**たまま**部屋に入りました。　穿著鞋子就進到房裡。

・メガネをかけ**たまま**寝ました。　戴著眼鏡就睡覺了。

・野菜は生**のまま**食べたほうが健康にいいです。

　青菜生吃比較健康。

CHAPTER

6

動詞篇

6-1 存在句

> ＼ テスト！ ／

請參考圖畫，填上適當的方位詞：

①

②

③

④

⑤

⑥

⑦

⑧

⑨

（接下頁）

1. 机の＿＿＿＿に猫がいます。　桌下有貓。

2. 机の＿＿＿＿にコーヒーがあります。　桌上有咖啡。

3. ショッピングセンターの＿＿＿＿に喫茶店があります。

　購物中心裡有咖啡店。

4. 家の＿＿＿＿に川があります。　家門前有河川。

5. 棚の＿＿＿＿に時計があります。　架子上有時鐘。

6. 学校の＿＿＿＿にバス停があります。　學校的門前有公車站。

7. ラーメン屋の＿＿＿＿に郵便局があります。

　拉麵店的旁邊有郵局。

8. 木の＿＿＿＿に車があります。　樹後面有車子。

9. 冷蔵庫の＿＿＿＿に果物があります。　冰箱裡有水果。

答え：1. 下、2. 上、3. 中、4. 前、5. 上、6. 前、7. 隣、8. 後ろ、9. 中

❶ある／いる　表示存在的動詞

①ある，非生物的存在

＿＿＿N1＿＿＿に（は）＿＿＿N2＿＿＿があります

　N1 表示場所地點，N2 則放置無生命的物品，或是有生命但不會移動的植物。

・会社に（は）食堂があります。　公司裡有食堂。

・近くに（は）ひまわり畑があります。　附近有向日葵田。

②いる，生物的存在

$$\underline{\quad N1 \quad}に（は）\underline{\quad N2 \quad}がいます$$

N1 表示場所地點，N2 則放置有生命的人或動物。

・会社に（は）犬がいます。　公司裡有狗。

・教室に（は）先生と学生がいます。　教室裡有老師和學生。

＼　もっと！　／

此部分可以待稍有餘裕時，再回頭來學習喔！

❶ 在 N1 的後面可以加上表示方位的名詞

・椅子の上に猫がいます。　椅子的上面有貓。

・店の隣に銀行があります。　店的旁邊有銀行。

❷ 常用的方位如下

上（上面）、下（下面）、隣（旁邊）、中（裡面）、右（右邊）、
左（左邊）、前（前面）、後ろ（後面）、間（～之間）

❸ 加數量詞

可以在あります、います的前面，放入數量詞表示 N2 的數量。

<u>　　N1　　</u>に（は）<u>　　N2　　</u>が<u>　數量詞　</u>あります

<u>　　N1　　</u>に（は）<u>　　N2　　</u>が<u>　數量詞　</u>います

・テーブルの上に、りんごが二つあります。　桌上有兩顆蘋果。

・教室の中に、女の子が一人います。　教室裡有一個女孩子。

❹ 在某處

也可以使用「〜人（物品）在〜某處的句型」。

<u>　　N1　　</u>は<u>　　N2　　</u>にあります。　某物在〜

<u>　　N1　　</u>は<u>　　N2　　</u>にいます。　某人（動物）在〜

・りんごはテーブルの上にあります。　蘋果在桌上。

・女の子は教室の中にいます。　女孩在教室裡。

請圈出正確的選項。

1. 箱にりんごが一つ【あります、います】。　箱子裡有一顆蘋果。

2. 女の子は教室の中に【あります、います】。　有女生在教室中。

3. 郵便局の【まえ、うえ】に車が一台あります。

　郵局前面有一台車。

4. 家の近くには公園が【あります、います】。　家裡附近有公園。

5. 飲み物は冷蔵庫の【した、なか】にあります。　冰箱裡面有飲料。

6. レストランの中に女の子が【ひとつ、ひとり】います。

　餐廳裡面有女生。

答え：1. あります、2. います、3. まえ、4. あります、5. なか、6. ひとり

する

在學習日文的過程中，會發現「する」是一個功能很強的動詞，搭配名詞和助詞，可以產生很多用法，就像英文的「play」、「do」、中文的「做～」一樣，搭配很多，但也因此成為容易搞混的文法。基本上可以分成 4 大類：「○する」、「○をする」、「○がする」、「○にする」……。

❶ 名詞をする

① 帶有～表情

・彼女は心配そうな顔**をしています**。　她露出了很擔心的臉。

・彼は朝からずっと不機嫌な顔**をしています**。

　他一早就一直露出不高興的表情。

② 身上穿戴的

・父はネクタイ**をしています**。　父親繫著領帶。

・わたしは結婚指輪**をしています**。　我帶著婚戒。

・今日、マフラー**をしている**人が多い。　今天圍圍巾的人很多。

③身體特徵

・彼女は青い目_{かのじょ　あお　め}をしています。　　她有著藍眼睛。

・娘_{むすめ}は長_{なが}い髪_{かみ}をしています。　　女兒留著長頭髮。

④物體呈現的外形、顏色

・いちごは赤_{あか}い色_{いろ}をしています。　　草莓是紅色的。

・あのビルは変_{へん}な形_{かたち}をしています。　　那棟大樓有著奇怪的外觀。

❷ 名詞がする

①有～聲音、氣味、感覺；身體的症狀

・いいにおいがします。　　好香的味道。

・変_{へん}な感_{かん}じがします。　　覺得好奇怪。

・吐_はき気_けがします。　　覺得想吐。

・めまいがします。　　覺得頭暈。

❸ 名詞にする

①從事物中做選擇；決定

・A：紅茶_{こうちゃ}にしますか、コーヒーにしますか。

　　要選擇紅茶還是咖啡呢？

　B：コーヒーにします。　　我要咖啡。

・飛行機は朝の便にします。　決定搭早上的飛機。

・ピクニックは今度の日曜日にしましょう。　野餐就選在下週日吧！

❹ 金額（も）する

①在金額後面加上助詞「も」來表示「強調」

・彼女のくつは三万円もします。　她的鞋子竟然要 3 萬元。

・このりんごは一つ千円もします。　這個蘋果一個竟然要 1000 元。

❺ 名詞する

　　另外，部分名詞與「する」結合後成為「名詞する形」的動詞。常用的有以下幾個，「旅行する」、「練習する」、「掃除する」、「勉強する」等，以上這些都稱作「動作性名詞」。

ヒント！

初學者很容易犯以下的錯誤，例如：

打掃房間：○ 部屋を掃除する　○ 部屋の掃除をする
　　　　　　× 部屋を掃除をする

在公園散步：○ 公園を散歩する　× 公園を散歩をする

練習外語：○ 外国語を練習する　○ 外国語の練習をする
　　　　　　× 外国語を練習をする

テスト!

請圈選正確的「～する」用法。

1. あの人はいつも冷たい顔【が、を】している。

 那個人總是一副冷漠的臉。

2. 姪は可愛い目【が、を】している。　姪女有著很可愛的眼睛。

3. 今日はどのネクタイ【が、を】しようか。

 今天要繫什麼領帶才好呢？

4. このミルクはもう変な匂い【が、を】している。飲まないほう

 がいいよ。　這個牛奶已經有個怪味道了。不要喝比較好。

5. ちょっと公園【を、に】散歩しよう。　一起到公園散步一下吧！

6. 寝不足で、今はちょっとめまい【が、を】している。

 睡眠不足，現在有一點頭暈。

7. このピンク色【が、を】している花は何の花ですか。

 這個粉紅色的花是什麼花呢？

8. 晩ご飯はピザ【を、に】しようか。　晚餐吃披薩如何？

9. あの赤いスカーフ【を、に】している人は姉だ。

 繫著紅色領巾的人是我姐姐。

10. 女の子が生まれたら、名前は萌【に、を】しよう。

 如果生出來的是女孩子的話，名字就叫做萌吧。

答え：1. を、2. を、3. を、4. が、5. を、6. が、7. を、8. に、9. を、10. に

CH6
動詞篇

自他動詞

　　自他動詞是一個對初學者稍為有點難度的單元，我在學生時代學習這部分的文法時，也花了許多時間。因此本書中，我會盡可能以淺顯易懂的方式呈現，讓自他動詞的觀念藉由這篇文章即可掌握大方向喔！

❶ 自他動詞以整體句子結構區分

① 【＿＿＿＿＿を他動詞】

　　助詞「を」前面放「接受動詞動作」的受詞（名詞）。亦即**他動詞會有一個受到動作影響的受詞存在**。

・料理<ruby>を作ります。<rt>りょうり　つく</rt></ruby>　　做料理。

・映画<ruby>を見ます。<rt>えいが　み</rt></ruby>　　看電影。

・日本語<ruby>を勉強します。<rt>にほんご　べんきょう</rt></ruby>　　念日語。

② 【＿＿＿＿が自動詞】

助詞「が」前面放「動作主」或「主語」（名詞）。自動詞不會有受到動作影響的受詞存在。

・雨が降ります。　下雨。

・子供が笑っています。　小孩子在笑。

・車が走ります。　車子在跑。

大致來說，「自動詞」使用助詞「が」，「他動詞」使用助詞「を」。但請記得助詞「を」也會搭配具有移動性質的「自動詞」使用。例如：「出る」（離開）、「降りる」（下（山、車））、「渡る」（渡過）、「飛ぶ」（飛）、「歩く」（走）、「走る」（跑）等動詞。

＊請參考助詞章節「を」

名詞	を	出る、降りる、渡る、 飛ぶ、歩く、走る、通る……（具有移動性的自動詞）

◆**成對的自他動詞**

　　日文裡面有一些有成雙成對的自動詞跟他動詞，這樣的動詞稱為「成對的自他動詞」，反之則為「不成對的自他動詞」。「成對的自他動詞」為數不少，如何區分呢？這是很多日語學習者困擾的地方。雖然不是所以有成對的自他動詞都能100％區分，但還是有大致的規則可以遵循，在本書中提供區分的方式如下：

❷ 自他動詞以動詞結尾區分（以 N4 程度基本動詞舉例）

代號	自動詞	他動詞
Ⓐ	<ruby>直<rt>なお</rt></ruby>る	<ruby>直<rt>なお</rt></ruby>す
Ⓑ	<ruby>壊<rt>こわ</rt></ruby>れる	<ruby>壊<rt>こわ</rt></ruby>す
Ⓒ	<ruby>汚<rt>よご</rt></ruby>れる	<ruby>汚<rt>よご</rt></ruby>す
Ⓓ	<ruby>回<rt>まわ</rt></ruby>る	<ruby>回<rt>まわ</rt></ruby>す
Ⓔ	<ruby>集<rt>あつ</rt></ruby>まる	<ruby>集<rt>あつ</rt></ruby>める
Ⓕ	<ruby>決<rt>き</rt></ruby>まる	<ruby>決<rt>き</rt></ruby>める
Ⓖ	<ruby>始<rt>はじ</rt></ruby>まる	<ruby>始<rt>はじ</rt></ruby>める
Ⓗ	<ruby>切<rt>き</rt></ruby>れる	<ruby>切<rt>き</rt></ruby>る
Ⓘ	<ruby>割<rt>わ</rt></ruby>れる	<ruby>割<rt>わ</rt></ruby>る

從上面的表格你發現自他動詞的規則了嗎？簡單整理如下：

a.「-su」結尾的是他動詞，和它成對的則是自動詞，例如：ⒶⒷⒸⒹ

b.「-aru」、「-eru」成對時，「-aru」是自動詞；「-eru」是他動詞，
　例如：ⒺⒻⒼ

c.「-reru」、「-ru」成對時，「-reru」是自動詞；「-ru」是他動詞，
　例如：ⒽⒾ

以上是簡單的區分自他動詞的方法，不過當然也會有例外！記住這種動詞的方式，建議可以用「成對」並且搭配受詞整組記憶，比較不會混淆使用！

テスト！

以下是 N5 到 N4 程度的動詞，來練習區分一下自動詞與他動詞吧！

	自動詞
1. 入れる	
2. 入る	
3. 洗う	
4. 行く	
5. 帰る	
6. 歌う	
7. 起きる	
8. 置く	
9. 押す	**他動詞**
10. 遅れる	
11. 降りる	
12. 曇る	
13. 消す	
14. 開ける	
15. 着る	

答え：自動詞：入る、行く、帰る、起きる、遅れる、降りる、曇る
他動詞：入れる、洗う、歌う、置く、押す、消す、開ける、着る

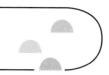

文法補給站

❶ 自動詞用成他動詞，結果大不同？！

　　某日在日本街頭，Hikky 想提醒路人「包包開著喔！」所以說了：「あのう、かばん（を）、<ruby>開<rt>あ</rt></ruby>けましたよ！」結果卻遭白眼，為什麼呢？因為「<ruby>開<rt>あ</rt></ruby>けます」是他動詞，需要動作主存在，所以這句話會誤會成「我（Hikky）打開了你的包包」！應該用自動詞改成「あのう、かばん（が）、<ruby>開<rt>あ</rt></ruby>いていますよ。」「<ruby>開<rt>あ</rt></ruby>きます」，用「<ruby>開<rt>あ</rt></ruby>いています」表達包包打開後持續呈現打開的狀態。自他動詞用錯很容易造成誤解呢！

❷ 濫用自動詞容易造成推卸責任之嫌

　　使用「他動詞」時會有「動作主」的存在，相對的「自動詞」則沒有「動作主」存在。因此，想表達歉意時，用「自動詞」會令人有種逃避責任的感覺。

　　　・<ruby>申<rt>もう</rt></ruby>し<ruby>訳<rt>わけ</rt></ruby>ありません、コーヒーをこぼしました。

　　　　<ruby>申<rt>もう</rt></ruby>し<ruby>訳<rt>わけ</rt></ruby>ありません、コーヒーがこぼれました。

　　「**こぼれます**」和「**こぼします**」分別為**自動詞**跟**他動詞**，這兩個句子的結果都是將「咖啡打翻了」，如果是自己打翻，卻使用「こぼれました」，聽起來就像「是它自己溢出來的，跟我沒關係喔！」，有推託之意，要小心使用！

150

テスト！

看圖學習，想想看，你會怎麼描述這張圖？

1. ビルが聳えます→ビルが＿＿＿＿＿。　　大樓聳立著。

2. 木が倒れます→木が＿＿＿＿＿。　　樹木倒著。

3. 川が遠くまで続きます→川が遠くまで＿＿＿＿＿。

河川延續到遠處。

4. 魚が泳ぎます→魚が＿＿＿＿＿＿。　　魚兒在河裡游。

5. 花が咲きます→花が＿＿＿＿＿＿。　　花朵綻放著。

6. 風が吹きます→風が＿＿＿＿＿＿。　　風吹著。

7. 星が光ります→星が＿＿＿＿＿＿。　　星星閃耀著。

8. 財布が落ちます→財布が＿＿＿＿＿＿。　　有錢包掉落著。

答え：1. 聳えている、2. 倒れている、3. 続いている、4. 泳いでいる、5. 咲いている、
6. 吹いている、7. 光っている、8. 落ちている

❸ 常用的自他動詞句型

① が＋自動詞＋ている

　　這個句型是指物體接受動作後持續呈現的狀態，重點在於物體呈現的狀態，也就是結果和變化，例如：

・ドア**が**開い**ています**。　門開著。（比較：他動詞「〜を開けます」）

・エアコン**が**つい**ています**。　冷氣開著。

　　（比較：他動詞「〜をつけます」）

　　這句型也可以用來敘述自然現象或眼前所見的狀態，例如：

・川に水**が**流れ**ています**。　水在河裡流動著。

・空**が**曇っ**ています**。　天空是陰暗的。

② 〜が＋他動詞＋てある

　　「〜が＋自動詞＋ている」是單純的敘述眼前所見到的狀態，而這個狀態無關是否是人為之後殘留的狀態；至於「〜が＋他動詞＋てある」則是著重在於某一個物品受到外力影響後，也就是動作主有意志的從事某動作後，結果持續殘留的狀態。

・ドア**が**開け**てあります**。　門被開著。

・エアコン**が**つけ**てあります**。　冷氣被打開著。

テスト！

看圖想想，左邊的物品經過動作主的行為後，殘留下來的結果該

怎麼說呢？

1. 本に名前を書いています。 →

2. 壁にポスターを貼っています。 →

3. お皿を並べています。 →

4. 電気をつけています。 →

5. 窓を開けています。 →

6. お金を財布に入れています。

答え： 1. 本に名前が書いてあります。2. 壁にポスターが貼ってあります。3. お皿が並べてあります。4. 電気がつけてあります。5. 窓が開けてあります。6. お金が財布に入れてあります。

③自動詞、他動詞＋ておく

◆「他動詞＋ておく」表示「事先準備」的意思

・プレゼンする前<ruby>前<rt>まえ</rt></ruby>に、内容<ruby>内容<rt>ないよう</rt></ruby>を復習<ruby>復習<rt>ふくしゅう</rt></ruby>し**ておきます**。

　要發表之前，預先複習內容。

・お客<ruby>客<rt>きゃく</rt></ruby>さんが来<ruby>来<rt>き</rt></ruby>ますので、家<ruby>家<rt>いえ</rt></ruby>を片付<ruby>片付<rt>かたづ</rt></ruby>け**ておきます**。

　因為客人要來，事先打掃好家裡。

◆「他動詞＋ておく」表示「放置」、「維持原狀」的意思

・教室<ruby>教室<rt>きょうしつ</rt></ruby>は後<ruby>後<rt>あと</rt></ruby>で使<ruby>使<rt>つか</rt></ruby>いますから、（そのまま）エアコンをつけて**おいてください**。　因為還要使用教室，冷氣請繼續開著。

・暑<ruby>暑<rt>あつ</rt></ruby>いから、ドアを（そのまま）開<ruby>開<rt>あ</rt></ruby>けて**おいてください**。

　因為很熱，所以請把門像現在這樣子開著。

◆「自動詞＋ておく」表示「事先準備」的意思

・次<ruby>次<rt>つぎ</rt></ruby>の会議<ruby>会議<rt>かいぎ</rt></ruby>は長<ruby>長<rt>なが</rt></ruby>いと思<ruby>思<rt>おも</rt></ruby>いますので、トイレに行<ruby>行<rt>い</rt></ruby>って**おきます**。

　因為想到下個會議會很長，於是先去上廁所。

授受動詞

　即便是同一件事物，會依照敘述的視點不同，而有不同的表達方式，例如：買、賣；借出、借入。日語「我給你」跟「你給我」使用的動詞是不一樣的，這是跟中文很不一樣的地方。表達「物品授受」的「あげる、くれる、もらう」其實是敘述同一件事，但依據視點不同，用來表達的方式也跟著不同。另外，「～てあげる、～てくれる、～てもらう」則是用來表達「**恩惠的授受**」，也是本章要討論的範圍唷！

❶ 物品的授受

① あげる　給～

　　　　　X が Y に物をあげます

◆從「說話者」的方向給「聽者」或「第三者」的是「あげます」

・わたし**は**あなた**に**プレゼントを**あげました。**　　我給你禮物。

・わたし**は**花子さん**に**プレゼントを**あげました。**　　我給花子禮物。

◆第三人稱給第三人稱

・鈴木さんは竹田さんにプレゼントをあげました。

鈴木給竹田禮物。

②くれる　給～

　　　ＹがＸに物をくれます

◆「聽者」或「第三者」朝說話者的方向給進來的是「くれます」

・あなたがわたしにプレゼントをくれました。　　你給我禮物。

・彼がわたしにプレゼントをくれました。　　他給我禮物。

◆第三人稱給第三人稱

　　第三人稱給第三人稱，基本上只能用「あげます」。如果使用了「くれます」，例如下例，則帶有「竹田さん」跟說話者比較親近的意思。

・△鈴木さんが竹田さんにプレゼントをくれました。

鈴木先生給竹田先生禮物。

・○鈴木さんが弟にプレゼントをくれました。　　鈴木給了弟弟禮物。

　　由於「弟」是說話者的「自己人」（家人），因此可以使用「くれます」。

③もらう　得到

　　如同以下的兩個例子，是將本來是「花」接受者的「わたし」變成主語的表達方式。亦即「視點」產生移動，從原本「田中さん」給「我」的視點，變成「我得到」的視點。

・田中さん**が**わたし**に**花を**くれました**。　　田中給我花。

・わたし**は**田中さん**に**花を**もらいました**。　　我從田中那裡拿到花。

④差し上げる、くださる、いただく〜對上位者的授受用法

◆差し上げます　給予上位者的謙讓語，是比「あげます」更有禮貌的說法。

・わたし**は**先生にお弁当を**差し上げました**。　　我給老師便當。

・わたし**は**社長にお土産を**差し上げました**。　　我給社長伴手禮。

◆くださいます　上位者給予的尊敬語，是比「くれます」更有禮貌的說法。

・先生**が**（わたしに）手作りのクッキーを**くださいました**。

老師給我手作的餅乾。

・部長の奥様**が**（わたしに）お弁当を**くださいました**。

部長夫人給我便當。

◆いただきます　獲得上位者給予物品的謙讓語，是比「もらいます」更有禮貌的說法

- （わたしは）先生(せんせい)に手作(てづく)りのクッキーを**いただきました**。

  我從老師那裡得到手作的餅乾。

- （わたしは）部長(ぶちょう)の奥様(おくさま)にお弁当(べんとう)を**いただきました**。

  我從部長夫人那裡得到便當。

ヒント！

　　在くれます、くださいます的句型中，接受者若為說話者本身，常會省略「わたしに」。

　　　・彼(かれ)が（わたしに）おにぎりをくれました。　　他給我飯糰。

---

⑤**對於動植物、下位者的恩惠行為可以使用「～やる」**

　　＊女性通常仍用「あげます」。

　　　・僕(ぼく)は猫(ねこ)にさんまの缶詰(かんづめ)を**やる**。　　我餵貓吃秋刀魚罐頭。

　　　・俺(おれ)は花(はな)に水(みず)を**やった**。　　我已給花澆水。

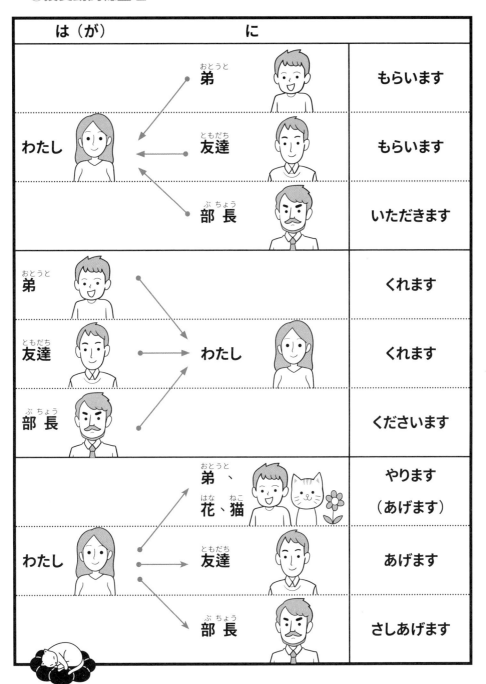

は（が）	に	
わたし	弟（おとうと）	もらいます
	友達（ともだち）	もらいます
	部長（ぶちょう）	いただきます
弟（おとうと）	わたし	くれます
友達（ともだち）		くれます
部長（ぶちょう）		くださいます
わたし	弟（おとうと）、花（はな）、猫（ねこ）	やります（あげます）
	友達（ともだち）	あげます
	部長（ぶちょう）	さしあげます

CH6
動詞篇

159

❷ 行為的授受

試著說說看，A 為 B 做了什麼呢？

テスト！

圖裡的授受行為該怎麼敘述呢？

① ② ③ ④ ⑤ ⑥

テスト！

1. 友達_{ともだち}がドアを ＿＿＿＿＿ **くれました。**　朋友為我開門。

2. 友達_{ともだち}が荷物_{にもつ}を ＿＿＿＿＿ **くれました。**　朋友幫我提行李。

3. 友達_{ともだち}が傘_{かさ}を ＿＿＿＿＿ **くれました。**　朋友借我傘。

4. 妻_{つま}がお弁当_{べんとう}を＿＿＿ **くれました。**　老婆為我做便當。

5. 友達_{ともだち}が掃除_{そうじ}を ＿＿＿＿＿ **くれました。**　朋友幫忙我打掃。

6. クラスメート**が**数学_{すうがく}を ＿＿＿＿＿ **くれました。**　同學教我數學。

學習完畢後，試試看將上面句型換用「もらいます」來敘述。

答_{こた}え：1. 開_あけて、2. 持_もって、3. 貸_かして、4. 作_{つく}って、5. 手伝_{てつだ}って、6. 教_{おし}えて

① **てあげる、てくれる、てもらう恩惠行為的授受用法**

前述教了物品的授受，接下來我們要講的是恩惠行為的授受。既然是行為，表達的就是「動作」。

◆**說話者 X 為了 Y 做某行為**

X が（は）Y に（N を）V. て形あげます

・わたしが（は）友達にお金を貸してあげました。　我借朋友錢了。

・わたしが（は）妹の部屋を片付けてあげます。

我幫妹妹整理房間。

　發現了嗎？我們只需要將動詞的部分變成「て形」就可以做出恩惠的授受表達喔！

◆說話者（或說話者一方）X 向上位者提供恩惠行爲的說法

X が（は）Y に（N を）V. て形差し上げます

・わたしは先生の書類の整理を手伝って差し上げました。

我幫忙老師整理資料。

・わたしは先生に新竹の歴史を簡単に紹介して差し上げました。

我簡單的為老師介紹了新竹的歷史。

◆ Y 爲了說話者 X 做某行爲

Y が（は）X に（N を）V. て形くれます

・友達が（わたしに）お金を貸してくれました。　朋友借錢給我。

・妹が（わたしの）部屋を片付けてくれました。

妹妹幫我整理房間。

◆上位者爲說話者（或說話者一方）X 提供恩惠行爲的說法：

Y が（は）X に（N を）V. て形くださいます

・部長がわたしに計画を説明してくださいました。

部長為我説明了計畫。

・先生がわたしの論文を直してくださいました。

老師為我修改了論文。

◆說話者 X 得到恩惠行爲的說法

X が（は）Y に（N を）V. て形もらいます

・わたしは友達に日本語の間違いを直してもらいました。

朋友幫我修正日語的錯誤。

・わたしは妹に部屋の掃除を手伝ってもらいました。

妹妹幫忙整理房間。

◆從上位者得到恩惠行爲的說法

X が（は）Y に V. て形いただきます

・わたしは先生に論文の書き方を教えていただきました。

承蒙老師教我論文的書寫方法。

・部長にビジネスプランを教えていただきました。部長告訴我營業計畫。

②將上述授受動詞內容整理成下表：

授受動詞			
物品的授受	行為的授受	物品的授受 （敬語）	行為的授受 （敬語）
〜をやります	〜てやります	―	―
〜をあげます	〜てあげます	〜を差し上げます	〜て差し上げます
〜をくれます	〜てくれます	〜をくださいます	〜てくださいます
〜をもらいます	〜てもらいます	〜をいただきます	〜ていただきます

＼ もっと！ ／

此部分可以待稍有餘裕時，再回頭來學習喔！

　向上位者或對不熟的人尋求幫助時可以說「〜ていだだけませんか。」
這是比「もらえませんか」更有禮貌的說法喔！

・先生、論文の書き方を教え**ていただけませんか**。

　老師，可否請您教我怎麼寫論文呢？

・すみません、道を教え**ていただけませんか**。

　不好意思，可否告訴我路怎麼走？

テスト！

請圈選適當的授受動詞。

1. 吉田先生に論文の資料を貸して（くださいました、いただきました）。　承蒙吉田老師借我論文的資料。

2. 先生に教えて（いただいた、もらった）日本の歌を歌います。唱老師教我的日本歌曲。

3. 僕は弟の宿題を見て（くれた、あげた）。

   我幫弟弟看他的作業。

4. 課長はレポートの作り方を説明して（くださいました、いただきました）。　課長為我說明報告的製作方法。

5. 同僚に壊れたパソコンを直して（くれました、もらいました）。　同事幫忙我修理壞掉的電腦。

答え：1. いただきました、2. いただいた、3. あげた、4. くださいました、5. もらいました

文法補給站

❶ 什麼時候該加上授受動詞？

比較「お金を貸します」vs.「お金を貸してあげます」，有加和沒加「～てあげます」有什麼差異呢？

先試著以底下兩個句子來區分：

A. わたし**は**友達にお金を貸しました。　　我借朋友錢。

B. わたし**は**友達にお金を貸して**あげました**。　　我借朋友錢。

同樣都是「我借朋友錢」，但 B 句比 A 句多了**因為朋友需要，我才借他錢**的這種「施加恩惠」的意思，A 句則是單純陳述我把錢借出去的這個動作而已。

再比較下面兩句，看看有什麼不同。

C. 友達**が**日本語の間違いを直しました。

朋友修正了日文的錯誤。

D. 友達**が**日本語の間違いを直し**てくれました**。

朋友幫我修正日語的錯誤。

兩句都是朋友修正日語的錯誤，但 D 句比 C 句多了**因為「我（わた
し）」**的請託，朋友「為我」（**くれる**）修正日語，所以帶有「感謝」
的意思在內。而 C 句則無感謝的成分在內，單純陳述朋友修正了日語
的錯誤。

❷ 對於動植物、下位者的恩惠行為可以使用「～てやる」

・息子に数学を教え**てやる**。　　我教兒子數學。

・息子を褒め**てやりました**。　　我稱讚兒子。

＼ **ヒント！** ／

需注意的是面對長輩上司等需要尊敬的人說時，不會直接使用「～
て差し上げます」、「～て差し上げましょうか」，因為有強加對
方接受自己恩惠，**帶有炫耀或施捨的意思，容易聽起來刺耳，所以
平常使用要小心**，需要改成謙讓語的形式。

＊謙讓語請參考敬語章節

・× 先生、お荷物を持って**差し上げます**。

・○ 先生、お荷物を**お持ちしましょうか**。　　老師讓我幫您拿行李吧。

看到這裡，你是否對授受動詞，有更進一步的了解了呢？

可能形

　　什麼是「可能形」呢？所謂的可能形就是和「～できる（可以，會）」相同，來表達句子裡主體是否能夠實現該行為。以中文來說的話就是：「你會唱歌嗎？」、「這個可以吃嗎？」的「會（不會）」和「可以（不可以）」，日文裡就是「可能形」。

❶ **可能形的動詞變化如下表：**

第 I 類動詞	可能形	第 II 類動詞	可能形	第 III 類動詞	可能形
<ruby>泳<rt>およ</rt></ruby>ぎます	<ruby>泳<rt>およ</rt></ruby>**げ**ます	<ruby>食<rt>た</rt></ruby>べます	<ruby>食<rt>た</rt></ruby>べ**られ**ます	します	**できます**
<ruby>走<rt>はし</rt></ruby>ります	<ruby>走<rt>はし</rt></ruby>**れ**ます	<ruby>寝<rt>ね</rt></ruby>ます	<ruby>寝<rt>ね</rt></ruby>**られ**ます	<ruby>来<rt>き</rt></ruby>ます	**<ruby>来<rt>こ</rt></ruby>られます** ＊注意發音
<ruby>書<rt>か</rt></ruby>きます	<ruby>書<rt>か</rt></ruby>**け**ます	<ruby>着<rt>き</rt></ruby>ます	<ruby>着<rt>き</rt></ruby>**られ**ます	<ruby>運動<rt>うんどう</rt></ruby>します	<ruby>運動<rt>うんどう</rt></ruby>**できます**

　　動詞變為可能形的方式，就是將**第 I 類動詞**的動詞的ます形「ま」前面那個音從「い段音」改為「え段音」。**第 II 類動詞**則直接去掉「ます」之後加上「られます」；**第 III 類動詞**則是將「します」改為「できます」、「<ruby>来<rt>き</rt></ruby>ます」改為「<ruby>来<rt>こ</rt></ruby>られます」。需要留意的是，如果動

詞前面原來的助詞是表示受詞的「を」則需將其改為「が」。

・刺身を食べます。　吃生魚片。

　→刺身が食べられます。　能吃生魚片。

❷ 可能形可以用於以下幾個狀況：

①表示人的能力

・陳さんは日本語が話せます。　陳先生能夠說日文。

・わたしはカタカナが読めません。　我不會念片假名。

②某個狀況的可能

・お酒を飲んだから、運転できません。　因為喝了酒，不能開車。

・博物館で、写真が撮れますか。　博物館裡，可以拍照嗎？

③物體的性能和機能

・この携帯電話は写真が撮れます。　這個手機可以拍照。

・iPad で電子書籍が読めます。　用 iPad 可以閱讀電子書。

④許可

・質問があったら、いつでも聞けます。

　如果有疑問的話，隨時都可以詢問。

・今日、肉料理は全部無料で食べられますよ。

　今日的肉類料理，全部可以免費享用喔！

\ ヒント！ /

　在口語時，常能聽到「**ら抜き言葉**」（去掉ら的說法），亦即 II 類的動詞變為「食べれる」「起きれる」、III 類的動詞變為「来れる」亦即本來該有的「られる」變為「れる」，雖然不是正確的文法規則，但近年來已被頻繁使用，需注意這是口語的用法，如果是文章或正式的場合，還是得使用「られる」唷！

\ テスト！ /

請將以下的句子中的空格改為可能形。

1. この質問に（　　　）か。　你能夠回答這個問題嗎？（動詞：答える）

2. 別府公園は、この電車で（　　　）か。

　　如果要去別府公園的話，可以搭這班車嗎？（動詞：行く）

3. こんな難しい曲、（　　　）か。

　　你可以唱這麼難的歌曲嗎？（動詞：歌う）

4. 昨日、よく（　　　）か。　你昨天有睡得很好嗎？（動詞：眠る）

5. 明日また（　　　）か。　明天還能來嗎？（動詞：来る）

6. この漢字、（　　　）か。　你能夠讀這個漢字嗎？（動詞：読む）

7. カードで、（　　　）か。　可以用信用卡支付嗎？（動詞：払う）

答え：1. 答えられます、2. 行けます、3. 歌えます、4. 眠れました、5. 来られます、6. 読めます、
　　　　7. 払えます

文法補給站

❶ 見られる vs. 見える／聞ける vs. 聞こえる的差異

① 見られる vs. 見える　看得到

「見られる」是「見る」加上可能形「られる」來的，是指達到某個條件才能「看得到」。

2018 年我去爬位於東京都八王子市的高尾山，朋友說：「爬到山頂，才能看得到富士山！」以日文來說就是：「高尾山の頂上まで登れば、富士山が見られる」，前提是必須要「爬上高尾山頂」才能看得到富士山。結果我沒爬到最高處，所以沒看到富士山（太「残念」了！）。

而隔天一早，拉開飯店窗簾，坐下來一邊吃著日本泡麵和又大又紅的草莓時，竟然意外地發現富士山就在窗外，突然「富士山が見えた！」（看到富士山）。

也就是說，不需要達成任何條件，只要張開眼，就能看見的話，就應該使用「見える」。

又例如：「動物園に行けば、パンダが見られる」（如果去動物園的話，可以看得到熊貓），前提是「要去到動物園」，才能看得到熊貓，所以使用「見られる」而非「見える」喔！

②聞ける vs. 聞こえる　聽得到

　「聞ける」是「聞く」的可能形，是用在必須達到某個條件才能「聽得到」。

　比方說：「あの店へ行ったら、今流行っている音楽が**聞ける**」（如果去那間店的話，可以聽得到現在流行的音樂），前提是要「先到那間店」；另一方面，「聞こえる」指的是「自然而然的聽得到」如「雨の音が**聞こえる**（聽得到雨的聲音）」、「鳥の声が**聞こえる**（聽得到鳥叫聲）」。

　因此，聽得到隔壁夫妻在吵架是：「お隣の夫婦喧嘩が**聞こえる**」而非使用「聞ける」，如果使用「聞ける」，則有種想盡辦法特意要去聽人家夫妻吵架的感覺唷！（笑）

6-6 使役形

何謂使役形呢？所謂使役形就是上位者對於下位者進行命令、或者是指示，讓對方做某個動作時所使用的型態。中文常譯作：「讓～」。也具有放任、許可、請求和誘發的用法。變化方法如下：

第Ⅰ類動詞 將ます形「ま」前面的音，改為あ段音＋せます

・行きます→行**か**せます　讓（他）去

＊若前面是「い」則改為「わ」。例如：

・習います→習わせます　讓（他）學習
・会います→会わせます　讓（他們）見面

第Ⅱ類動詞 將ます形「ます」去掉，加上「させます」
例如：食べます→食べ**させます**　讓（他）吃

第Ⅲ類動詞 將します改為「させます」　讓（他）做
来ます改為「来させます」　讓（他）來

第 I 類動詞	使役形	第 II 類動詞	使役形	第 III 類動詞	使役形
行きます	行**か**せます	食べます	食べ**させます**	します	**させます**
習います	習**わ**せます	考えます	考え**させます**	来ます	**来させます** ＊注意發音
遊びます	遊**ば**せます	教えます	教え**させます**	運動します	運動**させます**

＼ **テスト！** ／────────────

看圖說說看，圖裡的人讓對方去做了什麼事，或者讓對方有什麼樣的感覺呢？試著將以下的關鍵字變成使役形！

① ②

1. 父、わたし、コンビニ、行きます→父はわたし（　）コンビニに＿＿＿＿＿。　爸爸要我去便利商店。

2. 女の人、彼氏、買い物、持ちます→女の人は彼氏（　）買い物の紙袋を＿＿＿＿＿＿。　女人讓男友幫忙拿購買的東西。

3. 大人、子供、泣きます→大人は子供（　）＿＿＿＿＿＿＿。

大人讓小孩哭了。

4. 先生、学生、走ります→先生は学生（　）＿＿＿＿＿＿＿。

老師要學生跑步。

5. 病気、家族、心配します→病気になって家族（　）＿＿＿＿＿

＿＿＿。因為生病讓家人擔心了。

6. 悪い成績、母、怒ります→悪い成績を取って、母（　）＿＿＿

＿＿＿。成績不好讓媽媽生氣了。

答え：1. を；行かせました、2. に；持たせました、3. を；泣かせました、4. を；走らせました、

5. を；心配させました、6. を；怒らせました

❶指示、命令

XはYに〔他動詞〕を（さ）せる；XはYを〔自動詞〕（さ）せる

①他動詞

・先生は学生たちに数学の**練習をさせます**。

老師讓學生做數學的練習。

・わたしは娘にピアノを**習わせます**。　我讓女兒學鋼琴。

②自動詞

・わたしは娘をスーパーに**行かせました**。　我讓女兒去超市。

❷放任、許可

XはYに〔他動詞〕を（さ）せる；XはYを〔自動詞〕（さ）せる

①他動詞

・私は娘に好きなプレゼントを**選ばせます**。

我讓女兒選擇喜歡的禮物。

②自動詞

・わたしは息子を外で**遊ばせました**。　我讓兒子在外面玩。

有些情況是「放任」還是「強制」呢？其實這時候只要將句子依文脈來判斷，比方說：「娘にピアノを習わせる。」我們無法得知到底是女兒想要學鋼琴，所以我讓他去學？還是我強迫女兒去學鋼琴呢？這時候可以透過文脈來知道是強制還是放任！例如：

①強制

・わたしはピアノ練習を**嫌がる娘**に**練習させました**。

我要討厭鋼琴練習的女兒練琴。

②許可

・わたしは**ピアニストになりたい**と言った娘にピアノを**習わせました**。 我讓說想要成為鋼琴家的女兒學習鋼琴。

＼ もっと！ ／

此部分可以待稍有餘裕時，再回頭來學習喔！

❶**誘發**

使用「**A が（は）B を V. させる**」的型態，使用的動詞都是**情感類**的動詞，例如：「悲しむ」（難過）、「怒る」（生氣）、「泣く」（哭）、「悩む」（煩惱）、「心配する」（擔心）、「驚く」（驚嚇）等，使役的對象用助詞「**を**」。

・田中さんはユーモアのある人で、よくみんな**を笑わせます**。

田中是幽默的人，常常讓大家笑。

・母に誕生日のプレゼントをあげて、母を喜ばせました。

送給媽媽生日禮物，讓媽媽開心。

・わたしは馬鹿なことをして、両親を困らせました。

我做了愚蠢的事情，讓父母困擾。

❷ 請求

使用句型「〜させていただけませんか／いただけますか」，用來表示帶有敬意的請求。

・すみません、今日はちょっと早退させていただけませんか。

不好意思，今天是否可以讓我稍微提早離開呢？

・3時に帰らせていただけますか。

3點可以讓我回家嗎？

ヒント！

使役形不能對上位者使用，不然會很沒禮貌！例如：

・✕ わたしは部長に計画を説明させました。

我讓部長說明計畫。

請將以下的句子中的空格改為使役形。

1. 父は弟にお皿を_____。

   爸爸讓弟弟洗盤子。（動詞：洗う）

2. わたしは子供に家事を_____。

   我讓小孩做家事。（動詞：する）

3. わたしは部下に荷物を_____。

   我讓下屬拿行李。（動詞：持つ）

4. タクシー代はわたしに_____ください。

   請讓我付計程車的錢。（動詞：払う）

5. わたしは子供にコーヒーを一口_____。

   我讓小孩喝了一口咖啡。（動詞：飲む）

6. 先生は学生に単語を_____。

   老師讓小孩記憶單字。（動詞：覚える）

答え：1. 洗わせます、2. させます、3. 持たせます、4. 払わせて、5. 飲ませました、6. 覚えさせます

文法補給站

❶ 如果使役形的句子中，出現兩個助詞一樣的時候，該怎麼辦？

　　使役句裡不會出現助詞和助詞重疊的現象唷！例如：「を」「を」、「に」「に」，若有重疊的情形，要將另一個改為「に」或「を」。

・A. 犬を散歩させる。　讓狗散步。

　 B. 公園を散歩させる。　讓其在公園散步。

　 A＋B→✕ 犬を公園を散歩させる。

　　A跟B句都有助詞「を」，考量B句裡表示通過空間的「を」無法改，因此將「散歩させる」表示使役對象的「を」改成「に」。最後結合如下：

・○ 犬に公園を散歩させる。　讓狗在公園裡散步。

・C. 娘に行かせた。　讓女兒去。

　 D. 塾に行かせた。　讓其去補習班。

　 C＋D→✕ 娘に塾に行かせた。

　　C跟D句都有助詞「に」，考量D句裡表示去的歸著點的「に」無法改，因此將「娘」，亦即使役對象的「に」改成「を」。最後結合如下：

・○ 娘を塾に行かせた。　讓女兒去補習班。

被動形

\ **テスト！** /

看圖說說看，練習將以下關鍵字換成被動句。

① 　　　②

1. わたし、母_{はは}、起_おこします。　我被媽媽叫醒。→

2. 父_{ちち}、褒_ほめます。　被爸爸稱讚→

（接下頁）

③ 　④

⑤ 　⑥

3. 電車の中、知らない人、わたしの足、踏みます。

在電車裡，被不認識的人踩到腳。→

4. 母、わたしの漫画、捨てます。

我的漫畫被媽媽丟掉了。→

5. 夜中、友達、来ます。　半夜被朋友來訪。→

6. 雨、降ります。　被雨淋。→

答え：1. わたしは母に起こされました、2. 父に褒められました、3. わたしは電車の中で、知らない人に足を踏まれました、4. わたしは母に漫画を捨てられました、5. 夜中に友達に来られました、6. 雨に降られました

❶ 被動態

　　所謂的被動態，就是將本來應該是主語的成分，轉為施予動作的被動成分。以中文來說就是從「老師稱讚我」轉成「我被老師稱讚」。被動態是比較容易搞混的句型，稍微有些難度，但只要掌握底下原則和觀念，就可以輕鬆說出被動句喔！

　　首先，請務必先掌握「直接被動」和「間接被動」的差異！所謂的「直接被動」就是可以把主動句直接換成「被動句」。

①被動態的動詞變化方式如下：

　　第 I 類動詞：將ます形「ま」前面的那一個「い段音」改為「あ段音」，但如果原來是「い」，則改成「わ」。

　　第II類動詞：去掉「ます」加上「られます」。

　　第III類動詞則是將「します」改為「されます」、「来ます」改為「来られます」。

第 I 類動詞	被動形	第 II 類動詞	被動形	第 III 類動詞	被動形
取<ruby>と</ruby>ります	取<ruby>と</ruby>**られ**ます	食<ruby>た</ruby>べます	食<ruby>た</ruby>べ**られ**ます	します	**されます**
言<ruby>い</ruby>います	言<ruby>い</ruby>**われ**ます	褒<ruby>ほ</ruby>めます	褒<ruby>ほ</ruby>め**られ**ます	来<ruby>き</ruby>ます	来<ruby>こ</ruby>**られ**ます ＊注意發音
聞<ruby>き</ruby>きます	聞<ruby>き</ruby>**かれ**ます	見<ruby>み</ruby>ます	見<ruby>み</ruby>**られ**ます	心配<ruby>しんぱい</ruby>します	心配<ruby>しんぱい</ruby>**されます**

①直接被動

$$X は Y に V.（ら）れる \quad X 被 Y 〜$$

・先生はわたしを褒めました。　老師稱讚我（主動句）。

・わたしは先生に褒められました。　我被老師稱讚（被動句）。

亦即把主動句裡頭的主語「先生」變成被動句裡的「對象」。

・わたしは母に褒められました。　我被媽媽稱讚了。

・兄は父に叱られました。　哥哥被爸爸罵了。

②間接被動

$$X は Y に 物 を V.（ら）れる \quad X 的東西被 Y 〜$$

・母がわたしの漫画を捨てました。　媽媽把我的漫畫丟掉了。

・わたしは母に漫画を捨てられました。　我的漫畫被媽媽丟掉了。

　由以上例子可以得知，由主動句轉成被動句時，多出了「わたし」當作主語。間接被動有兩種用法：

Ⓐ 所屬物的被動

・わたし**は**犬**に**足**を**噛まれました。　　我的腳被狗咬了。

・わたし**は**電車で（誰かに）足**を**踏まれました。

我的腳在電車裡被（某個人）踩了。

ヒント！

　受到母語干涉影響，學習者容易寫成：「わたしの漫画は母に捨てられた」、「わたしの足は犬に噛まれた」，然而在日語裡沒有「わたし（誰か）**の～られる**」的被動用法，所以這兩句的寫法都是錯的。

Ⓑ 感覺困擾、受害的被動

・わたしたちは雨**に降られて**、試合ができませんでした。

我們因為下雨，沒有辦法比賽了。

・わたしは赤ん坊**に泣かれて**眠れませんでした。

因為嬰兒哭，而沒有辦法睡覺。

・彼女は親**に死なれて**貧しい生活を送っています。

她的雙親去世了，因而過著貧困的生活。

③**不特定人的行爲被動**

X は Ỹ̶に̶ V.（ら）れる→ X は V.（ら）れる　X被〜

在這種句型裡，「被誰」做這件事並不是重點，因此動作主被省略掉了。

・この町は 200 年前に作**られました**。　這個城鎮是在 200 年前建立的。

・このお寺は 100 年前に建て**られました**。　這座寺廟是 100 年前蓋的。

・英語は世界中で話**されています**。　英語在世界各地被使用。

④**發明、創造的被動**

X は Y によって V.（ら）れる　X是由Y所發明、創造

如果需特別表明被誰發明或創造，助詞則需要從「に」改為「によって」。例如：

・この小説は村上春樹**によって書かれました**。

這個小說是村上春樹寫的。

・電話はベル**によって発明されました**。　電話是由貝爾發明的。

・『源氏物語』は紫式部という女性**によって書かれた**物語です。

《源氏物語》是一位叫紫式部的女性所寫的故事。

テスト！

請將以下的句子改為被動句。

1. テストの点数が低いので、母に＿＿＿＿＿＿。

   考試的成績很低，被媽媽罵了。（動詞：叱る）

2. 旅行中、財布はスリに＿＿＿＿＿＿。

   在旅行當中錢包被小偷給偷走了。（動詞：盗む）

3. わたしは妹にケーキを＿＿＿＿＿＿。

   我的蛋糕被妹妹吃掉了。（動詞：食べる）

4. 隣に新しいビルが＿＿＿＿＿＿から、部屋が暗くなった。

   房間被新蓋大樓，變得很暗。（動詞：建てる）

答え：1.叱られた（叱られました）、2.盗まれた（盗まれました）、3.食べられた（食べら
れました）、4.建てられた（建てられました）

使役被動句的變化方式

所謂的使役被動形，就是說話者被他人要求做自己**心不甘情不願的事**。例如：被強迫喝酒（飲<ruby>の</ruby>**まされる**），被要求去（行<ruby>い</ruby>**かされる**），被強迫吃（食<ruby>た</ruby>**べさせられる**）。變化的方式如下：

第 I 類動詞：將ます形前面的那個音，改為あ段音，再加上「せられます」。但「ま」前面如果是「い」的話，例如：会います則改為「**わ**」→会<ruby>あ</ruby>**わ**せられます。或是也可以改為短使役被動形，也就是把「せられます」去掉，加上「**されます**」成為会<ruby>あ</ruby>**わされます**（被迫見面）

第 II 類動詞：直接將ます改為「**させられます**」。例如：**食べさせられます**（被迫吃）。

第III類動詞：します→**させられます**（被迫做）；来<ruby>き</ruby>ます→来<ruby>こ</ruby>**させられます**（被迫來）。

整理如下表：

第 I 類動詞	使役被動形	短使役被動形
行<ruby>い</ruby>きます	行<ruby>い</ruby>**かせられます**	行<ruby>い</ruby>**かされます**
歌<ruby>うた</ruby>います	歌<ruby>うた</ruby>**わせられます**	歌<ruby>うた</ruby>**わされます**
書<ruby>か</ruby>きます	書<ruby>か</ruby>**かせられます**	書<ruby>か</ruby>**かされます**

第 II 類動詞	使役被動形	短使役被動形
食^たべます	食^たべさせられます	
見^みます	見^みさせられます	沒有短使役被動形
教^{おし}えます	教^{おし}えさせられます	
第 III 類動詞	使役被動形	短使役被動形
します	させられます	
来^きます	来^こさせられます	沒有短使役被動形
運動^{うんどう}します	運動^{うんどう}させられます	

例句：

・飲^のみ会^{かい}で、**歌^{うた}わされました**／**歌^{うた}わせられました**。

　在聚會上被迫唱歌。

・住所^{じゅうしょ}を書^かきたくないのに、**書^かかされて**／**書^かかせられて**しまいまし

　た。　明明不想要寫上地址，卻被迫寫了。

・わたしは上司^{じょうし}にお酒^{さけ}を飲^のまされました／飲^のませられました。

　我被上司灌酒。

請特別留意此處綜合了「被動形」、「使役形」跟「使役被動型」
三種類的題目在裡面喔！請填上適合的型態。

1. わたしは娘（むすめ）にジュースを＿＿＿＿＿＿＿。

　我讓女兒喝了果汁。（動詞：飲（の）む）

2. わたしは先輩（せんぱい）に教室（きょうしつ）の掃除（そうじ）を＿＿＿＿＿＿＿。

　我被前輩要求要打掃教室。（動詞：する）

3. 子供（こども）に 3 時間（じかん）も＿＿＿＿＿＿困（こま）った。

　被小孩哭了 3 個小時真的是很困擾。（動詞：泣（な）く）

4. この家（いえ）は 9 年前（ねんまえ）に＿＿＿＿＿＿。

　這個家是 9 年前建起來的。（動詞：建（た）てる）

5. 忙（いそが）しいのに、上司（じょうし）に仕事（しごと）を＿＿＿＿＿＿困（こま）っている。

　明明就非常忙碌，還被上司拜託了工作。（動詞：頼（たの）む）

6. この小説（しょうせつ）は太宰治（だざいおさむ）によって＿＿＿＿＿＿。

　這本小說是太宰治寫的。（動詞：書（か）く）

7. 弟（おとうと）と喧嘩（けんか）して、父（ちち）に＿＿＿＿＿＿。

　跟弟弟吵架所以被爸爸罵了。（動詞：叱（しか）る）

8. 彼（かれ）は早（はや）く奥（おく）さんに＿＿＿＿＿＿。

　他的老婆很早就過世了。（動詞：死（し）ぬ）

9. 先生は子供たちに厳しい練習を＿＿＿＿＿＿＿。

老師讓學生很嚴格的練習。（動詞：させる）

10. わたしは子供をいつも公園で＿＿＿＿＿＿＿いる。

我總是讓小孩子在公園玩。（動詞：遊ぶ）

11. あの店はいつも客に高い商品を無理やり＿＿＿＿＿＿＿。

那間店，老是讓客人買下很高價的商品。（動詞：買う）

12. わたしはあの店の店員に無理やり高い商品を＿＿＿＿＿＿＿。

我被那間店的店員強迫買下了高價的商品。（動詞：買う）

13. いい仕事が見つかって、家族を＿＿＿＿＿＿＿。

找到了好工作讓家人安心了。（動詞：安心した）

答え：1. 飲ませた、2. させられた、3. 泣かれて、4. 建てられた、5. 頼まれて、6. 書かれた、7. 叱られた、8. 死なれた、9. させた、10. 遊ばせて、11. 買わせている、12. 買わされた、13. 安心させた

6-9　條件形

何謂「條件形」？顧名思義就是「達到 A 條件，就有 B 的結果」。以中文舉例，在賣場媽媽跟孩子說：「如果你乖乖的話，就買冰淇淋給你」，當 A 條件（乖乖的話）成立，B 結果（買冰淇淋）就可以實現。日語裡，可以做成條件形有四種：「～と」、「～ば」、「～たら」、「なら」，有可以交替使用，也有不行的，在使用上也有許多限制，所以是許多學習者苦惱的文法之一，整理以下幾個重點，供學習者參考使用。

❶と

「と」常用於「假定」、「真理、自然現象」、「必然情況」、「機械操作」、「道路說明」等，當句子的前項條件成立的話，後項就必成立。

> 普通形（動詞辭書形、い形容詞、な形容詞**だ**、名詞**だ**）＋と

◆動詞：行くと　去的話／一去就～

◆い形容詞：おいしいと…　好吃的話……

◆な形容詞：静かだと…　安靜的話……

◆名詞：大人だと…　如果是大人的話……

① 用於假定

・勉強<ruby>べんきょう</ruby>しないで、ずっと漫画<ruby>まんが</ruby>を読<ruby>よ</ruby>んでいると、大学<ruby>だいがく</ruby>に入<ruby>はい</ruby>れないだ

ろう。　不念書一直看漫畫，是進不了大學的吧！

・あまり安<ruby>やす</ruby>いと、お客様<ruby>きゃくさま</ruby>は品質<ruby>ひんしつ</ruby>を心配<ruby>しんぱい</ruby>するでしょう！

如果太便宜的話，客人會擔心品質吧！

② 眞理、自然現象

・午後<ruby>ご ご</ruby> 6 時<ruby>じ</ruby>になると、空<ruby>そら</ruby>が暗<ruby>くら</ruby>くなります。

一到下午 6 點，天空就變暗了。

・春<ruby>はる</ruby>になると、桜<ruby>さくら</ruby>が咲<ruby>さ</ruby>きます。　一到春天，櫻花就綻放。

③ 必然情況

・昔<ruby>むかし</ruby>の同僚<ruby>どうりょう</ruby>に会<ruby>あ</ruby>うと、必<ruby>かなら</ruby>ず飲<ruby>の</ruby>み屋<ruby>や</ruby>に行<ruby>い</ruby>きます。

遇到以前的同事，一定會去喝一杯。

・わたしはお酒<ruby>さけ</ruby>を飲<ruby>の</ruby>むと、顔<ruby>かお</ruby>が赤<ruby>あか</ruby>くなります。

我一喝酒，臉就變紅。

④ 道路說明／機械操作

・コインを入<ruby>い</ruby>れると、コーヒーが出<ruby>で</ruby>ます。

一投入硬幣，咖啡就會出來。

・橋<ruby>はし</ruby>を渡<ruby>わた</ruby>ると、図書館<ruby>としょかん</ruby>が見<ruby>み</ruby>えます。　一過橋，就看得到圖書館。

・このボタンを押<ruby>お</ruby>すと、電気<ruby>でんき</ruby>がつきます。

按下這個按鈕，電燈就會亮了。

ヒント！

「と」的限制比較多，**在後句裡不會有話者的意志**出現。例如：

請託、命令、希望、意志、邀約、許可等。

春<small>はる</small>になると、	× 会<small>あ</small>いましょう。（意志）
	× 会<small>あ</small>ってください。（請託）
	× 会<small>あ</small>いませんか。（邀約）
	× 会<small>あ</small>わなければなりません。（要求）
	× 会<small>あ</small>ってもいいです。（許可）
	× 会<small>あ</small>いなさい。（命令）
	× 会<small>あ</small>え！（命令）

・× 成績<small>せいせき</small>がわかると、連絡<small>れんらく</small>してください（請託）。

　一知道成績，請聯絡我。

・× ボーナスをもらうと、旅行<small>りょこう</small>しましょう（意志）。

　一拿到獎金，想要旅行。

---

❷ば

句子的前項條件成立的話，後項就必成立。「ば」條件句在後句裡，**不會有話者的意志出現**。例如：請託、命令、希望等等，但如果是**狀態性的述語**，例如：形容詞、いる、ある、可能動詞等，則不受限制。基本接續方式如下表。

動詞	第Ⅰ類動詞：ます形前面的音，改**え段音**＋ば， 行きます→行**けば**
	第Ⅱ類動詞：起きます→起き**れば**
	第Ⅲ類動詞：します→**すれば**、来ます→来**れば**
い形容詞	い形容詞：おいしい→おいし**ければ**

①用於假定

・こう**すれば**、楽でしょう。　這樣做，應該很輕鬆吧！

・あした天気が良け**れば**、出かけましょう。

　明天如果天氣好，一起外出吧！

・時間があれ**ば**、内容を復習してください。

　如果有時間的話，請複習内容。

②必然狀況

・春になれ**ば**、桜が咲きます。　一到春天，櫻花就開花。

・運動**すれば**、痩せられます。　運動的話，就可以變瘦。

③常用於諺語

・噂を**すれば**影がさす。　說曹操曹操就到。

・三人寄れ**ば**、文殊の知恵。　三個臭皮匠，勝過一個諸葛亮。

・朱に交われ**ば**、赤くなる。　近朱者赤，近墨者黑。

動詞、形容詞、名詞和條件形「ば」的接續方式整理：

◆**動詞和條件形「ば」的接續方式**

第Ⅰ類動詞	肯定	否定
<ruby>読<rt>よ</rt></ruby>む	<ruby>読<rt>よ</rt></ruby>**めば**	<ruby>読<rt>よ</rt></ruby>**まな**けれ**ば**
<ruby>行<rt>い</rt></ruby>く	<ruby>行<rt>い</rt></ruby>**けば**	<ruby>行<rt>い</rt></ruby>**かな**けれ**ば**
第Ⅱ類動詞	**肯定**	**否定**
<ruby>食<rt>た</rt></ruby>べる	<ruby>食<rt>た</rt></ruby>べ**れば**	<ruby>食<rt>た</rt></ruby>べ**な**けれ**ば**
<ruby>着<rt>き</rt></ruby>る	<ruby>着<rt>き</rt></ruby>**れば**	<ruby>着<rt>き</rt></ruby>**な**けれ**ば**
第Ⅲ類動詞	**肯定**	**否定**
する	**すれば**	し**な**けれ**ば**
<ruby>来<rt>く</rt></ruby>る	<ruby>来<rt>く</rt></ruby>**れば**	<ruby>来<rt>こ</rt></ruby>**な**けれ**ば**

◆**形容詞和名詞的「ば」條件形接續**

い形容詞	肯定	否定
おいしい（好吃的）	おいし**ければ**	おいし**く**なけれ**ば**
<ruby>寒<rt>さむ</rt></ruby>い（冷的）	<ruby>寒<rt>さむ</rt></ruby>**ければ**	<ruby>寒<rt>さむ</rt></ruby>**く**なけれ**ば**
★いい（好的）	よ**ければ**	よ**く**なけれ**ば**

な形容詞	肯定	否定
好_すき（喜歡的）	好_すき**なら**	好_すき**じゃなければ**
元気_{げんき}（有元氣的）	元気_{げんき}**なら**	元気_{げんき}**じゃなければ**

名詞	肯定	否定
日本人_{にほんじん}（日本人）	日本人_{にほんじん}**なら**	日本人_{にほんじん}**じゃなければ**
教師_{きょうし}（老師）	教師_{きょうし}**なら**	教師_{きょうし}**じゃなければ**
子供_{こども}（小孩）	子供_{こども}**なら**	子供_{こども}**じゃなければ**

＊留意到了嗎？名詞和な形容詞肯定形無法加上「ば」，是用「なら」來取代喔！

この会議_{かいぎ}に参加_{さんか}すれば、	✕ 発表_{はっぴょう}してください。（請託）
	✕ 発表_{はっぴょう}しませんか。（邀約）
	✕ 発表_{はっぴょう}しなければなりません。（義務）
	✕ 発表_{はっぴょう}してもいいです。（許可）
	✕ 発表_{はっぴょう}しなさい。（命令）
	✕ 発表_{はっぴょう}しろ！（命令）
	✕ 発表_{はっぴょう}しよう！（意志）

❸なら

　　根據對方所說的話的內容和狀況等等，提供給予建議、意志、自己
的情感、意見、委託等，亦可作為話題來使用。

① 做為假設

　　　動詞、い形容詞普通形、な形容詞、名詞＋なら

・運転<ruby>運転<rt>うんてん</rt></ruby>するなら、お酒<ruby>酒<rt>さけ</rt></ruby>を飲<ruby>飲<rt>の</rt></ruby>むな。　如果要開車的話，就不准喝酒。

・もし、わたしがお金持<ruby>金持<rt>かねもち</rt></ruby>ちなら、お金<ruby>金<rt>かね</rt></ruby>をたくさん寄付<ruby>寄付<rt>きふ</rt></ruby>します。

　　如果我是有錢人，我就會捐很多錢。

＼　ヒント！　／

　　為了清楚表示這是假定的表現方式，在句首有時會加入「もし」
來強調。

② 做為話題

◆名詞＋なら

・日本料理<ruby>日本料理<rt>にほんりょうり</rt></ruby>なら、その店<ruby>店<rt>みせ</rt></ruby>が一番<ruby>一番<rt>いちばん</rt></ruby>美味<ruby>美味<rt>お</rt></ruby>しいです。

　　如果是日本料理的話，那間店最好吃。

・彼女<ruby>彼女<rt>かのじょ</rt></ruby>なら、もう仕事<ruby>仕事<rt>しごと</rt></ruby>を辞<ruby>辞<rt>や</rt></ruby>めましたよ。　她的話，已經離職了。

・他の日<ruby>ほか<rt></rt></ruby>なら、空<ruby>あ<rt></rt></ruby>いています。　如果是別天的話，我就有空。

◆辭書形、否定形＋なら

・Ａ：浴衣<ruby>ゆかた<rt></rt></ruby>を買<ruby>か<rt></rt></ruby>いたいんですが、どこで買<ruby>か<rt></rt></ruby>えますか。

　　想要買浴衣，在哪裡可以買的到呢？

・Ｂ：浴衣<ruby>ゆかた<rt></rt></ruby>を買<ruby>か<rt></rt></ruby>うなら、ユニクロでも買<ruby>か<rt></rt></ruby>えますよ。

　　如果要買浴衣的話，在優衣庫就買得到喔！

＼ もっと！／

此部分可以待稍有餘裕時，再回頭來學習喔！

前面如果是動詞，可以加上「の」來強調。

・九份<ruby>きゅうふん<rt></rt></ruby>に行<ruby>い<rt></rt></ruby>くのなら、芋<ruby>いも<rt></rt></ruby>の団子<ruby>だんご<rt></rt></ruby>を食<ruby>た<rt></rt></ruby>べてみてください。

　　如果要去九份的話，請吃看看芋圓。

③「なら」條件形接續整理

動詞	肯定	否定
行_いく	行_いく**なら**	行_いかない**なら**
食_たべる	食_たべる**なら**	食_たべない**なら**
来_くる	来_くる**なら**	来_こない**なら**
い形容詞	**肯定**	**否定**
おいしい	おいしい**なら**	おいしくない**なら**
安_{やす}い	安_{やす}い**なら**	安_{やす}くない**なら**
な形容詞	**肯定**	**否定**
静_{しず}か	静_{しず}か**なら**	静_{しず}かじゃない**なら**
元気_{げんき}	元気_{げんき}**なら**	元気_{げんき}じゃない**なら**
名詞	**肯定**	**否定**
日本人_{にほんじん}	日本人_{にほんじん}**なら**	日本人_{にほんじん}じゃない**なら**
教師_{きょうし}	教師_{きょうし}**なら**	教師_{きょうし}じゃない**なら**

❹ 〜たら

可以用於「僅限一次的狀況」或者是「偶然發生的狀況」、「假定」等等狀況。後項並沒有像「と」、「ば」有「請託」、「命令」、「意志」的文末限制，因此可以說**使用範圍是最廣的**。「たら」有時間上的先後順序「Aたら、B」，亦即A成立，B才會成立。**動詞用た形＋ら**，形容詞和名詞的接續方式如下：

い形容詞	肯定	否定
おいしい（好吃的）	おいし**かったら**	おいしく**なかったら**
寒い（冷的）	寒**かったら**	寒く**なかったら**
★いい（好的）	よ**かったら**	よく**なかったら**

な形容詞	肯定	否定
好き（喜歡的）	好き**だったら**	好き**じゃなかったら**
嫌い（討厭的）	嫌い**だったら**	嫌い**じゃなかったら**
元気（有元氣的）	元気**だったら**	元気**じゃなかったら**

名詞	肯定	否定
日本人（日本人）	日本人**だったら**	日本人じゃ**なかったら**
教師（老師）	教師**だったら**	教師じゃ**なかったら**
子供（小孩）	子供**だったら**	子供じゃ**なかったら**

①假定：如果前項成立的話，後項就實現

・台風が上陸し**たら**、ホテルで休みます。

 颱風如果登陸的話，就在飯店休息。

・駅に着い**たら**、電話してください。　如果到達車站，請打電話。

・いい天気**だったら**、出かけましょう。　天氣好的話，就出門吧！

・高く**なかったら**、買いたいです。　如果不貴的話想要購買。

②作爲提議時所使用

・進学<ruby>進学<rt>しんがく</rt></ruby>のこと、ご両親<ruby>両親<rt>りょうしん</rt></ruby>と相談<ruby>相談<rt>そうだん</rt></ruby>し**たら**？

> 升學的事情，跟雙親討論一下如何？

・テストの時間<ruby>時間<rt>じかん</rt></ruby>を先生<ruby>先生<rt>せんせい</rt></ruby>に聞<ruby>聞<rt>き</rt></ruby>いてみ**たら**？

> 考試的時間問一下老師如何？

③意外、驚訝

　　用「～たら、～た」的形式，表達「意外、驚訝」。

・教室<ruby>教室<rt>きょうしつ</rt></ruby>に入<ruby>入<rt>はい</rt></ruby>ったら、テストが始<ruby>始<rt>はじ</rt></ruby>まり**ました**。

> 一進到教室，考試竟然已經開始了。

・街<ruby>街<rt>まち</rt></ruby>を散歩<ruby>散歩<rt>さんぽ</rt></ruby>したら、元彼<ruby>元彼<rt>もとかれ</rt></ruby>に会<ruby>会<rt>あ</rt></ruby>い**ました**。

> 在街頭散步，竟然遇到前男友。

ヒント！

　　在前面敘述過「～たら」雖然使用範圍最廣，但通常是用於口語。此外，如果是恆常的條件、必然的條件，底下的例句雖然也可以使用「～たら」，但通常會傾向使用「と」、「ば」。

・この角<ruby>角<rt>かど</rt></ruby>を【曲<ruby>曲<rt>ま</rt></ruby>がると、曲<ruby>曲<rt>ま</rt></ruby>がったら】、ビルが左<ruby>左<rt>ひだり</rt></ruby>にあります。

> 在這個轉角轉彎，大樓就在左邊。

・12月<ruby>月<rt>がつ</rt></ruby>に【入<ruby>入<rt>はい</rt></ruby>ると、入<ruby>入<rt>はい</rt></ruby>ったら】寒<ruby>寒<rt>さむ</rt></ruby>くなります。

> 一進到 12 月就會變冷。

此部分可以待稍有餘裕時，再回頭來學習喔！

「～ば」的進階句型

❶ ～ば～ほど　越～越～ N3

假定形＋ば、辭書形＋ほど～

・食_たべれば食_たべるほど、おいしく思_{おも}えます。　越吃越好吃。

・行_いけば、行_いくほど、道_{みち}がわからなくなります。

越走越不清楚道路。

❷ ～ばよかった　如果～的話就好了，表示與事實相反 N3

・テストはまたダメでした。もっと勉強_{べんきょう}すればよかったです。

考試又搞砸了！如果有更用功一點就好了。

・頭_{あたま}が痛_{いた}い！昨日_{きのう}お酒_{さけ}を飲_のまなければよかった。

頭好痛！昨天如果沒喝酒就好了。

❸ ～さえ～ば　只要～就～ N3

・運動_{うんどう}さえすれば、病気_{びょうき}になりません。　只要運動，就不會生病。

・あたなさえいれば、安心_{あんしん}できます。　只要有你，就可以安心。

請依照括弧裡的提示，將底線填入適當的條件形。

1. 天気が＿＿＿＿＿＿、行きます。　如果天氣好，就去。（形容詞：いい）

2. 道に迷っています。どう＿＿＿＿＿＿いいでしょうか。

　　迷路了，該怎麼辦？（動詞：する）

3. ＿＿＿＿＿＿買います。　如果便宜的話就買。（形容詞：安い）

4. 台北に＿＿＿＿＿＿、わたしの車を使ってください。

　　來台北之後，請用我的車。（動詞：来る）

5. 説明書を＿＿＿＿＿分かります。　看了說明書的話就會明白。（動詞：読む）

6. ＿＿＿＿＿＿、病み付きになります。

　　吃過的話，就會上癮。（動詞：食べる）

7. ＿＿＿＿＿＿、発音の違いが分かります。

　　如果是日本人的話，就了解發音的差異。（名詞：日本人）

8. ＿＿＿＿＿、一緒に行ってください。如果有空的話請一起去。（名詞：暇）

9. 今すぐ家を＿＿＿＿＿＿、コンサートに間に合うでしょう。

　　現在如果立刻出門的話，趕得上演唱會吧！（動詞：出る）

答え：1. よければ（いいなら）、2. すれば、3. 安ければ（安いなら）、4. 来たら、5. 読めば（読んだら、読むと）、6. 食べれば（食べたら）、7. 日本人なら（日本人だったら）、8. 暇だったら（暇なら）、9. 出るなら（出れば、出たら）

文法補給站

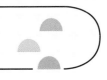

條件句的差異，依然傻傻分不清嗎？

藉由這裡的說明，希望可以幫助你了解條件句更多的差異。

❶ と和ば兩個雖然都可以表達前後兩件事物的必然關係，但是「ば」後

句不可以是過去式，而「と」可以

・○ そのレストランに行けば、おでんが食べられます。

　如果去那間餐廳的話，就吃得到關東煮喔！

・× そのレストランに行けば、おでんが食べられました。

❷ 「と」的後句可以使用現在式，也可以使用過去式，但是使用過去式

是表示「意外的發現」

・春になると、庭の花が咲きます。

　一到春天，庭院的花就會開。（必然現象）

・春になると、庭の花が咲いているのに気づきました。

　到了春天，庭院的花竟然開了。（意外的發現）

❸ 用於表示必然條件時，「ば」後句可以使用意志，欲望等句型，「と」則不行

- ○ ボーナスがもらえれば、いい<ruby>車<rt>くるま</rt></ruby>を<u><ruby>買<rt>か</rt></ruby>いたいです</u>。

  如果拿得到獎金，想買好車。

- × ボーナスをもらうと、いい<ruby>車<rt>くるま</rt></ruby>を<u><ruby>買<rt>か</rt></ruby>いましょう</u>！

  底線之處為意向形。

❹ 「と」和「たら」後句可以用「過去式」來表式「意外的發現」，「ば」和「なら」則沒有這個用法

- ○ <ruby>家<rt>いえ</rt></ruby>に<ruby>帰<rt>かえ</rt></ruby>ったら、<ruby>庭<rt>にわ</rt></ruby>の<ruby>花<rt>はな</rt></ruby>が<ruby>咲<rt>さ</rt></ruby>いていま**した**。

  回到家裡庭院的花，竟然開了。

- ○ <ruby>家<rt>いえ</rt></ruby>に<ruby>帰<rt>かえ</rt></ruby>ると、<ruby>庭<rt>にわ</rt></ruby>の<ruby>花<rt>はな</rt></ruby>が<ruby>咲<rt>さ</rt></ruby>いていま**した**。

  回到家裡庭院的花，竟然開了。

- × <ruby>家<rt>いえ</rt></ruby>に<ruby>帰<rt>かえ</rt></ruby>れば、<ruby>庭<rt>にわ</rt></ruby>の<ruby>花<rt>はな</rt></ruby>が<ruby>咲<rt>さ</rt></ruby>いていました。

- × <ruby>家<rt>いえ</rt></ruby>に<ruby>帰<rt>かえ</rt></ruby>るなら、<ruby>庭<rt>にわ</rt></ruby>の<ruby>花<rt>はな</rt></ruby>が<ruby>咲<rt>さ</rt></ruby>いていました。

❺ 「たら」、「なら」兩個差異在於，「Aたら、B」的話，一定是A的條件必須先成立，B才能成立。而「Aなら、B」的話，則是B先成立，才會有A。以底下的例句說明：

- <ruby>台北<rt>たいぺい</rt></ruby>に<ruby>行<rt>い</rt></ruby>っ**たら**、わたしに<ruby>連絡<rt>れんらく</rt></ruby>してください。

  去了台北，請跟我聯絡。 →先有 A，才有 B

- <ruby>台北<rt>たいぺい</rt></ruby>に<ruby>行<rt>い</rt></ruby>く**なら**、わたしに<ruby>連絡<rt>れんらく</rt></ruby>してください。

  如果你要去臺北，請跟我聯絡。 →先有 B，才有 A

CHAPTER

7

時態篇

所謂的「時態」，就是敘述某個事態或動作在「發話之前」或「發話之後」發生。如果是在發話之前發生的就會是「た形」。而在發話之後才發生的事態或動作則是「る形」。另一方面，形容詞則相對單純許多，「い形容詞、な形容詞、名詞＋です」、「な形容詞、名詞＋だ」也是表示「現在」。例如：外は静かです／わたしは主婦です。

る形

　　動詞「る形」（辭書形）可以表達「現在式」和「未來式」兩種，需要注意的是：如果**當動詞是屬於「動作性動詞」的話，那麼「る形」（ます形）就是表示「未來式」，但如果是「狀態性動詞」的話，則是表示「現在式」**。

❶ 動作性動詞和狀態性動詞

　　動作性動詞是指擁有展開過程的動詞，亦即擁有**時間的展開**的動詞，相對的，狀態性動詞通常是用來表達性質或存在或是關係性，因此並不具備時間的展開性。如果以中文來說的話：「動作性動詞」就像是「跑步」，有「準備要跑」、「正在跑」、「跑完」了等三個時間的展開面，但是如果是「相似」這樣子的狀態性動詞，就不會有「正準備要相似」、「正在相似」、「結束相似」這樣的時間展開面喔。

動作性動詞有：行く、来る、食べる、飲む、吸う、走る、歩く、読む、見る、寝る等，和「～ている」連用，表示動作進行中。例如：読んでいる（正在看）、食べている（正在吃）。

狀態性動詞有：できる、要る、いる、ある等，不能跟「～ている」連用，例如：✕ あっている、 ✕ いっている。其他還有わかる、知る、困る等，則可以跟～ている連用。

❷ **います（いる）、あります（ある）、できます（できる）等狀態性動詞……可表示現在**

　・わたしは会社に**います**。　我現在在公司。

　・パソコンは机の上に**あります**。　電腦在桌子上面。

　・母は側に**いる**。　媽媽正在旁邊。

　・公園は家の隣に**ある**。　公園就在家的旁邊。

　・わたしは日本語が**できます**。　我會日語。

❸ **歩きます（歩く）、食べます（食べる）、読みます（読む）等動作性動詞……表示未來**

　・来週、東京に**行きます**。　下週要去東京。

　・卒業したら、**働きます**。　畢業之後就工作。

❹ **る形、ます形的功用**

除了上述兩種表示「未來」、「現在」的用法之外，「る形」（或ます形）還有表示真理的用法。

①**表示現在發生的事情或者常態**

・そのパン屋は若_{わか}い女性_{じょせい}に人気_{にんき}が**ある**。

　那間麵包店很受年輕女性歡迎。

・うちの赤_{あか}ちゃんはよく**寝_ねる**。　我們家的小寶寶睡很多。

②**表示未來**

・明日_{あした}台北_{たいぺい}に**行_いく**。　明天要去臺北。

・好_すきなものがあったら、**買_かう**。　如果有喜歡的東西就買。

③**表示真理**

・桜_{さくら}は三月_{さんがつ}になると、**咲_さく**。　櫻花到了 3 月就會開花。

・太陽_{たいよう}は東_{ひがし}から昇_{のぼ}り、西_{にし}に**沈_{しず}む**。　太陽東升西落。

7-2 た形

以發話的時間點為界的話，「た形」就是敘述過去時間點的某一狀況。

「た形」也有許多的意思和用法！

❶ 過去某個時間點發生的事情

・10 年前に、わたしはその会社に入っ**た**。

10 年前我進了那間公司工作。

・2021 年に東京でオリンピックが行われ**た**。

2021 年在東京舉行奧運。

❷ 完了

・風邪はもう治っ**た**。　感冒已經好了。

・試験が全部済ん**だ**。　考試已經全部結束了。

❸ 發現

・バスが来**た**！　公車來了！

・あっ**た**！あっ**た**！　有了！

・あ、こんなところにあっ**た**。　啊！竟然在這個地方！

❹ 想起

突然想起來先前就已經知道的事情。

・あなたは確_{たし}か大学_{だいがく}を卒業_{そつぎょう}**していた**ね。　我記得你是大學畢業沒錯吧？

・君_{きみ}は、さっき確_{たし}か変_{へん}な話_{はなし}を**した**ね。　你剛剛是說了奇怪的話吧？

・あなたの名前_{な まえ}は「たける」さん**でした**っけ？

　你的名字是「健」沒錯吧？

❺ 要求

・**どいた**！**どいた**！　閃開！閃開！

・ちょっと**待_まった**！　你給我等一下！

❻ 作為用來形容名詞，連體修飾敘述名詞的狀態

・**曲_まがった**道_{みち}。　彎曲的道路。

・**尖_{とが}った**鉛筆_{えんぴつ}。　削尖的鉛筆。

・**文豪_{ぶんごう}が好_{この}んだ**料理_{りょうり}。　大文豪喜歡的料理。

7-3 從屬句裡的 時態～時

・辭書形＋時（即將要發生）

・ている＋時（正在發生）

・た形＋時（已經發生）

透過「～時」來連接的句子，前句是**從屬句**，後面則是主句。以底下幾個句子說明，「～時」前面不論是「辭書形」、「～ている」、「た形」，**都和「發話時間」沒有關係，和發話時間有關的是後面的主句。**

❶ 準備要去小島，還沒去（正要去小島，還未去，所以用「る形」）

・島に**行く**時、小さい飛行機に乗りました。　要去小島時，搭了飛機。

❷ 正在坐飛機的時候（「正在」飛機上，所以用「～ている形」）

・飛行機に**乗っている**時、吐き気がしました。　正在搭飛機時，覺得想吐。

❸ 到達小島（到達小島之後，才能鬆一口氣，所以「到達小島」用過去式「～た形」）

・島に**着いた**時、ほっとしました。　到達小島的時候，鬆了一口氣。

　　稍微理解的話，我們再來看看底下例子，想請問行李箱已經買了嗎？是在日本買的？還是在臺灣買的呢？

213

・日本に行く時、スーツケースを買った。

　由藍色底線主句裡「買った」用的是「た形」，可以知道跟發話的時間點相比，已經是過去的事情，所以行李箱已經買了！而前面從屬句黑色底線部分用「る形」，表示這件事情是發生在藍色主句之前。因此，可以知道行李箱是在去日本之前在臺灣就購入的。

　如果，從屬句裡面是過去式，那麼則是表示是到達日本後才買行李箱，因此行李箱是在日本買的！

・日本に行った時、スーツケースを買った。

結語：當動詞出現在從屬句裡，該動詞是過去式的話，表示其發生在主句動作之前，相反地，如果該動詞是現在式的話，則表示跟主句動作同時發生，或是發生於主句動作之後喔！

＼ **テスト！** ／

請在括弧裡面填入「時」的正確時態。

1. 外国へ（　　　）時、パスポートが要ります。

　去外國的時候需要護照。（動詞：行く）

2. このくつは日本へ（　　　）時、買ったんです。

　這雙鞋子，是去了日本之後買的。（動詞：行く）

3. この鞄は日本へ（　　　）時、買ったんです。

　這個包包是要去日本的時候買的。（動詞：行く）

答え：1.行く、2.行った、3.行く

CHAPTER

8

「〜ている」形

「〜ている（〜ています）」的用法不僅有表示**正在進行**的意思之外，也有以下的各種意思。那麼「〜ています」究竟是表「狀態」還是「現在進行式」呢？想要判斷，須先區分動詞屬性。

❶ 日文的動詞可以分成「狀態性動詞」、「動作性動詞」以及「瞬間性動詞」

①**狀態性動詞**：できます（會）、あります（非生物的存在）及います（生物的存在）……。

②**動作性動詞**：読みます（閱讀）、書きます（書寫）、走ります（跑步）、飲みます（喝）、食べます（吃）……。

③**瞬間性動詞**：消えます（消失）、落ちます（掉落）、倒れます（倒）、割ります（破掉）、死にます（死亡）等，表示瞬間變化。

❷ 三種動詞搭配「〜ています」所代表的意思如下表：

狀態性動詞	＋ています	無法加「〜ています」，例：× いって、あって 可以加「〜ています」，例：○ 困っている
動作性動詞		表示正在進行 例：走っている、食べている
瞬間性動詞		表示動作完成後持續的狀態 例：落ちている、消えている

①表示正在進行：動作性動詞＋ています

・わたしは今掃除を**しています**。　我正在打掃。

・わたしは運転**しています**。　我正在開車。

②表示持續狀態：瞬間性動詞＋ています

・妹は結婚**しています**。　妹妹已經結婚了。

・わたしは新竹に住ん**でいます**。　我住在新竹。

・電気が消え**ています**。　電燈是關著的。

❸ ています的其他用法

①表示「職業」、「反覆從事某動作」、「習慣」

・娘はピアノ教室に**通っています**。　女兒在學鋼琴。

・弟は高校で英語を**教えています**。　弟弟在高中教英文。

・林さんはファーストフードの店でバイトを**しています**。

　林先生在速食店打工。

②固定要使用「～ています」的動詞

這一類的動詞數量並不多。常用的有：「優れる」、「持つ」、「似る」、「知る」等。

・彼女はとても**優れています**。　她非常優秀。

・わたしは車を**持っています**。　我有一台車。

・わたしはあのことを**知っています**。　我知道那件事情。

・あの二人は**似ています**。　那兩個人長得像。

③**〜ている＋名詞**（連體修飾）

・着物を**着ている**人はだれですか。　穿著和服的人是誰？

・あの人はバラエティ番組に**出ている**人です。

　那個人是會出現在綜藝節目上面的人。

ヒント！

　日文裡有總是需要用「〜ている」的動詞，例如：住んでいる（住）、持っている（擁有）、知っている（知道）、優れている（優秀）、似ている（相似）、聳えている（聳立）等。也有「いる」（有）、「ある」（有）、「要る」（需要）等不能搭配「〜ている」的動詞，請多留意喔！

文法補給站

子非魚，安知魚之樂

「彼女は寂しい」？「彼女は寂しがっている」？

❶ ～がる　覺得～（用於第三人稱）N4

　　在日語裡，用來形容第一人稱之外的情感、感覺，通常會有比較特殊的用法，以中文來說，「她覺得寂寞」跟「我覺得寂寞」，是一樣的文法構造，但在日文裡會有所不同。

CH8
「～ている」
形

・○（わたし）は寂しいです。

・×彼女は寂しいです。

　　第二個句子為什麼錯誤呢？因為「你不是魚，哪裡知道魚的快樂；你不是她，你又怎麼知道她的寂寞呢？」

　　所以「寂しい」、「悲しい」、「痛い」、「欲しい」、「怖い」、「恥ずかしい」、「～たい」等表達情感和感覺的形容詞，當用於第三人稱時，會將「い」去掉改成「～がる」，詞性由形容詞變成動詞，而前面的助詞會從「が」改成「を」，例如：

・寂しい→寂しがる　覺得寂寞

・悲しい→悲しがる　覺得悲哀

・怖い→怖がる　覺得恐怖

・寒い→寒がる　覺得冷

・暑い→暑がる　覺得熱

以此類推。而「嫌い」很特別，沒有「嫌い＋がる」的用法，而是直接以動詞「嫌がる」（覺得討厭）取代喔！

而「〜がっている」、「〜がる」的差異在於，「〜がっている」往往是針對某個人敘述，「〜がる」則泛指一般狀況的敘述。

・娘は人の前で話すのを**恥ずかしがって**いる。

　女兒在別人面前說話會感到很害羞。

・今の学生は人の前で話すのを**恥ずかしがる**。

　現今的學生在別人面前說話會感到很害羞。

・彼女は虫を**怖がっている**。　　她很害怕蟲。

・患者は耳を**痛がっている**。　　患者耳朵痛。

・人間は貧乏な生活を**嫌がる**。　　人類都討厭貧窮的生活。

CHAPTER

9

用來表示事物
進行階段的說法

在日文裡，有許多用來表示「動作進行階段」的表達方法！但是請留意，不是所有的動詞都能夠加上「～始める」、「～続ける」、「～終わる」等，只有「動作性動詞」才有「動作展開的時間相」（瞬間性動詞沒有時間的展開相），才能和表示時間展開、經過、結束的用法結合，比方說：

・走る（跑步）＋始める→走り始める（開始跑）

・読む（閱讀）＋続ける→読み続けている（繼續閱讀）

・食べる（吃）＋終わる→食べ終わる（吃完了）

而瞬間性動詞，像是死にます、座ります、立ちます無法和「始める」、「続ける」、「終わる」結合，所以不會有「死に始める」、「座り始める」、「立ち始める」這種說法出現。

本章節除了介紹用動詞「Ｖます＋始める、続けている、～終わる」等的複合動詞，也有用「て形＋補助動詞」來表達事物進行階段的表達方式。

❶ 開始

① 始める　開始～ **N3**

Ｖ-ます＋始める　表示某動作開始，前面可以為自動詞，也可以為他動詞。

・ラーメンを**食べ始めた**時、友達が来ました。

剛開始吃拉麵的時候，朋友來了。

・雨が**降り始めました。**　開始下起雨來了。

・赤ちゃんが**泣き始めました。**　嬰兒開始哭了。

②～だす　（突然）開始～ **N3**

V-ます＋だす　用來表示某動作或狀態開始的階段。前面必須

為非意志動詞。

・雨が**降りだしました。**　開始下起雨來了。

・赤ちゃんが**泣きだしました。**　嬰兒突然開始哭了。

❷ **持續**

① **続けている**　繼續～ **N3**

V-ます＋**続けている**　表示動作持續進行。

・友達からもらったキーホルダーを**使い続けています。**

從朋友那裡得到的鑰匙圈，現在也還繼續使用著。

・昨日、家族と電話で 1 時間も**話し続けました。**

昨天跟家人持續地講了一個小時的電話。

❸ 結束

① ～終わる　做完～ **N3**

接續：「V-ます＋終わる」表示前面動詞動作的結束。

・『鬼滅の刃』という漫画をやっと**読み終わりました**。

　看完了《鬼滅之刃》這部漫畫。

・主人はラーメンを**食べ終わりました**。

　老公吃完拉麵了。

❹ ～てしまう　做完；表達遺憾 **N4**

動詞て形＋しまう

①表示動作或者是狀態全部的結束

・仕事を最後まで**してしまいます**。　　會把工作做到最後。

・一日で好きなドラマを全部**見てしまいました**。

　用一天的時間把喜歡的劇追完。

②表達說話者遺憾後悔的語氣

・わたしは財布を**落としてしまいました**。　　我把錢包給弄丟了。

・家の鍵を**失くしてしまいました**。　　把家裡的鑰匙給搞丟了。

・ケーキは兄に全部**食べられてしまいました**。

　蛋糕被哥哥全部吃掉了。

❺ ～たばかりだ　剛…… N3

た形＋ばかりだ

・わたしはラーメンを**食べたばかり**です。　我剛吃完拉麵。

・電車を**降りたばかり**です。　剛下電車。

❻ ～たところだ　剛…… N4 **用來說明某事物剛完成的階段**

た形＋ところだ

・わたしはお風呂を**出たところ**です。　我剛洗完澡。

・電車を**降りたところ**です。　我剛下電車。

・今はちょうど仕事が**終わったところ**です。

現在剛好是工作剛結束的時候。

❼ 結果的残存

て形＋あります N4

＊～てある用法請參考 CH6 自他動詞章節

・ドアが開け**てあります**。　門開著。

・エアコンがつけ**てあります**。　冷氣開著。

・椅子が並べ**てあります**。　有椅子排列著。

❽ 事前的處置

て形＋おきます　事先～ N4

＊其他ておく用法請參考補助動詞章節

・エアコンをつけ**ておきます**。　事先把冷氣開好。

・お皿を並べ**ておきます**。　事先把盤子擺好。
　　さら　なら

・本をかばんに入れ**ておきます**。　事先把書放進包包裡。
　ほん　　　　い

＼ ヒント！／

　　其他可以表示開始前或進行到一半狀態的還有「～かける」，例
如：言い**かける**（正準備要說）、食べ**かけ**のラーメン（吃到一半的
拉麵）、読み**かけ**の小説（看到一半的小説）；表示完結的有：「～
つくす」、「～きる」如：使い**尽くした**（使用光了）、食べ**切った**（吃
完了），這部分可以有餘裕時，再回過頭來學習喔！

CHAPTER

10

表達說話者態度的句尾用法

在日語裡有許多表達說話者判斷、態度的用法，中文稱作「情態」。比方說「あした台風が来るだろう。（明天颱風會來吧？）」，「あした台風が来る」的部分是「事實」，「だろう」則是說話者的推量，稱作「情態」。透過不同情態可以表達說話者的判斷與態度，本章將一一說明。

情態是說話者的推量，透過不同的「情態」，可以用來表達說話者不同的判斷，以及對這件事情的態度。例如：部長は帰ったらしい（部長好像回家了）、風邪を引いたようだ（感覺好像感冒）、日本人かもしれない（有可能是日本人）裡的「らしい」、「ようだ」、「かもしれない」都是屬於說話者主觀的「情態」，而情態之前的敘述都是事實，表達句子裡的真實。

「情態」也常常跟陳述副詞搭配使用。如：「まるで～ようだ（宛如～一般）」、「たぶん～だろう（大概～）」等。

❶ 常用的情態

分類	日語文末表達	例句
斷定	です／だ **N5**	あの人は犯人だ。　那個人是犯人。
	います／いる **N5**	父は会社にいる。　　爸爸在公司。
勧誘	～う、よう **N4**	運動しよう！ 來運動吧！ 行こう！　去吧！
	～う、ようか **N4**	窓を開けようか。　我幫你開窗如何？
	～ないか **N4**	行かないか。　不去嗎？

分類	日語文末表達	例句
意志 ＊請參考意向形 章節	〜う、よう **N4**	これからも頑張って行<ruby>こう<rt>がんば</rt></ruby>！ 今後也**要繼續**努力下去！
	〜つもりだ **N4**	<ruby>仕事<rt>しごと</rt></ruby>を<ruby>辞<rt>や</rt></ruby>めたあと、<ruby>実家<rt>じっか</rt></ruby>に<ruby>戻<rt>もど</rt></ruby>る**つもりだ**。 辭職之後**打算**要回老家。
認知	〜ようだ **N4**	<ruby>雨<rt>あめ</rt></ruby>が<ruby>降<rt>ふ</rt></ruby>っている**ようだ**。　**好像**正在下雨。
	〜そうだ **N4**	このクッキーは<ruby>甘<rt>あま</rt></ruby>**そうだ**。 這個餅乾**看起來**好甜。
	〜らしい **N4**	あの<ruby>店<rt>みせ</rt></ruby>はもう<ruby>閉店<rt>へいてん</rt></ruby>した**らしい**。 那間店**好像**已經關店了。
	〜かもしれない **N4**	<ruby>彼女<rt>かのじょ</rt></ruby>は<ruby>今日<rt>きょう</rt></ruby>パーティーに<ruby>来<rt>く</rt></ruby>る**かもしれない**。　她今天**可能**會來派對。
	〜はずだ **N3**	<ruby>今日<rt>きょう</rt></ruby>、<ruby>彼女<rt>かのじょ</rt></ruby>は<ruby>来<rt>こ</rt></ruby>ない**はずだ**。 今天她**應該**不會來。
	〜に<ruby>違<rt>ちが</rt></ruby>いない **N3**	あの<ruby>二人<rt>ふたり</rt></ruby>は<ruby>付<rt>つ</rt></ruby>き<ruby>合<rt>あ</rt></ruby>っている**に<ruby>違<rt>ちが</rt></ruby>いない**。 那兩個人**絕對**是在交往。
忠告	〜たほうがいい **N4**	<ruby>早<rt>はや</rt></ruby>くたばこをやめ**たほうがいい**。 早點把香菸戒掉**比較好**。
義務	〜べきだ **N3**	<ruby>学生<rt>がくせい</rt></ruby>は<ruby>勉強<rt>べんきょう</rt></ruby>す**べきだ**。　學生本就**應該**念書。
	〜べきではない **N3**	<ruby>人<rt>ひと</rt></ruby>の<ruby>悪口<rt>わるくち</rt></ruby>を<ruby>言<rt>い</rt></ruby>う**べきではない**。 **不應該**說他人的壞話。
	〜なければならない **N4**	<ruby>今日<rt>きょう</rt></ruby><ruby>中<rt>じゅう</rt></ruby>に、レポートを<ruby>出<rt>だ</rt></ruby>さ**なければならない**。　今天之內，**非得**交報告不可。

分類	日語文末表達	例句
許可	〜てもいい **N4**	このケーキ、食べ**てもいい**？ 我**可以**吃這個蛋糕嗎？
	〜なくてもいい **N4**	今日、洗濯をし**なくてもいい**？ 今日**不**洗衣服**可以**嗎？
禁止	〜てはいけない **N4**	図書館で食事し**てはいけない**。 在圖書館**不准**飲食。
說明	のだ **N4**	どうして昨日来なかったの？ 為什麼昨天沒來呢？ 家族が遊びに来た**のだ**よ。 **因爲**家人來玩。
	わけだ **N3**	りんごを３個食べた。もう全然残っていない**わけだ**。 吃了３顆蘋果，**也就是說**已經完全沒有剩了。
	もの[*]だ **N2**	人間はいつか死ぬ**ものだ**。 人**總有一天會**死的。
	ことだ **N2**	優勝したいなら、必死で練習する**ことだ**。 如果想要得冠軍，**就要**拼命的練習。
傳達 終助詞	よ **N5**	お腹が空いた**よ**。　肚子餓了**喔**！
	ね **N5**	いい天気だ**ね**。　天氣真好**呢**！
	よね **N5**	このケーキ、おいしい**よね**。 這個蛋糕很好吃，**對吧**？

＊「もの」、「こと」用法請參考文法補給站。

❷ 常與陳述副詞搭配的情態表達如下：

用法	陳述副詞	文末表達方式
意志、願望	ぜひ	ほしい たい
比況	まるで	～ようだ
推測、推量	たぶん おそらく	だろう
確定、不確定	きっと 必^{かなら}ず	はずだ ～に違^{ちが}いない

＊陳述副詞會要求相對應的字詞存在，請參考副詞章節。

・**ぜひ**、一度^{いちど}ネパールに行^いき**たい**。　絕對要去一次尼泊爾。

・今日^{きょう}の天気^{てんき}は**まるで**春^{はる}が来^きた**ようだ**。

今天的天氣宛如春天到來。

・彼女^{かのじょ}は**たぶん**食事会^{しょくじかい}に来^こない**だろう**。　她大概不會來聚餐吧？

・あの女優^{じょゆう}は**きっと**ハーフ**に違^{ちが}いない**。　那個女演員絕對是混血兒。

文法補給站

❶ 形式名詞「もの」和「こと」

在學習日文的過程，常常會出現形式名詞，但形式名詞的數量繁多，用法也很相近，其實並不容易區分，因此在文法補給站為你說明一下，「もの」、「こと」這兩個形式名詞的差異。

*形式名詞的說明可參考 CH1 名詞篇

① ものだ

◆普通形＋ものだ　說話者對於事物的一般認知

・人は誰でも失敗する**ものだ**。　人都會犯錯的。

・面接の時、誰でも緊張する**ものだ**。　面試時，任誰都會緊張的。

◆普通形＋ものだ　表示驚嘆或讚嘆

・この町は賑やかになった**ものだ**。　這城鎮變得好熱鬧啊！

・こんな時期に、いい仕事が見つかった**ものだ**。

在這個時期竟然找到好工作！

・よくこんな難しい問題が解けた**ものだ**。

竟然能把這麼難的問題解開了！

◆～た形＋ものだ　對於過去事物的緬懷

・子供の時、よくあの公園で遊んだものだ。

　　小時候常常在那個公園遊玩。

・大学時代、よくあのレストランで食事したものだ。

　　大學時期，常常在那間餐廳用餐。

・子供時代、よくこの川で泳いだものだ。

　　小時候常常在這個河川游泳。

◆辭書形＋ものか　怎麼可能～有強烈否定的情感

・こんなまずい店に二度と来るものか。

　　這麼難吃的店，絕對不會再來第二次。

・こんなつまらない映画、二度と見るものか。

　　絕對不會再看這麼無聊的電影。

②こと

◆ことだ　用於對他人的命令和忠告

・能力試験に合格したいなら、毎日勉強することです。

　　想要通過能力試驗，就是要每天念書。

・マイホームを買いたいなら、一生懸命貯金することです。

　　如果想要買自己的房子，就是要拼命的存錢。

◆**辞書形、ない形＋こと　用於文末，表示傳達規則或命令、指示等**

・テストの5分前に教室に入る**こと**。　　考試前5分鐘要進入教室。

・図書館で飲食しない**こと**。　　在圖書館不能飲食。

◆**ということだ、とのことだ　表達傳聞的用法，用於句尾**

・部長はパーティーに来ない**とのことです**。　　聽說部長不會來派對。

・明日、雪が降る**ということです**。　　聽說明天會下雪。

◆**ことに　表達說話者的情感，前面接表達情緒的動詞或形容詞**

・驚いた**ことに**、新卒の彼女は大手会社に入りました。

令人驚訝的是，剛畢業的她進到了大公司。

・嬉しい**ことに**、いい仕事を見つけました。

值得開心的是，找到了一個好工作。

CHAPTER

11

敬語篇

日語是一個不論是上下關係或者親疏、內外關係，都會隨著要說話的場合、對象而不同。即便是同一句話，對於家人、上司甚至是動物都會用不同的說法。因此，即使是聽到陌生人的交談內容，也能判定他們的親疏或者是上下關係關係。**一般來說，敬語可以分成以下幾個大類：尊敬語、謙讓語、丁寧語、美化語。**本章就來教大家如何使用吧！

CHAPTER
11-1　お和ご

　　在正式進入學習尊敬語和謙讓語之前，我們先來學習如何分辨「お」、「ご」。

　　在名詞前加上「お」、「ご」來表達對對方事物的敬意。一般來說和語用「お」，漢語用「ご」。何謂漢語？「漢語」就是跟中文或者是臺語發音很接近的字彙。例如：連絡、案内、住所……

・連絡_{れんらく}→ご連絡_{れんらく}
・案内_{あんない}→ご案内_{あんない}
・住所_{じゅうしょ}→ご住所_{じゅうしょ}

以「名前」、「住所」兩個字來說明：「名前」是和語，「住所」是漢語。

・**お**名前_{なまえ}と**ご**住所_{じゅうしょ}を**ご**記入_{きにゅう}ください。　　請您填入名字和住址。

但是也有一些例外，而那些例外已經成為生活上固定的使用方式了。

常用的「お」、「ご」和例外整理如下表：

和語	お名前、お荷物、お許し、お考え、お詫び、お問い合わせ、 お心遣い、お気持ち、お招き、お車…
漢語	ご連絡、ご住所、ご挨拶、ご案内、ご親切、ご理解、 ご提案、ご意見、ご迷惑、ご協力、ご報告、ご確認…
例外	お時間、お電話、お返事、お礼、お大事に…

\ **ヒント！** /

　要注意的是，外來語不會加上「お」、比方說「×おビール」則
是錯誤的說法喔！

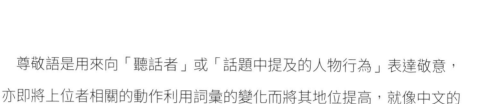

尊敬語

　　尊敬語是用來向「聽話者」或「話題中提及的人物行為」表達敬意，亦即將上位者相關的動作利用詞彙的變化而將其地位提高，就像中文的「勞駕」、「賜教」等。尊敬語可以用以下三種方式呈現：

❶ 尊敬語的特別形式

　　直接將動詞換成下面表格中的尊敬語。

原形	尊敬語	原形	尊敬語
行_いく	いらっしゃいます	言_いう	おっしゃいます
来_くる		寝_ねる	お休_{やす}みになります
いる		見_みる	ご覧_{らん}になります
食_たべる	召_めし上_あがります	知_しっている	ご存知_{ぞんじ}です
飲_のむ		くれる	くださいます
する	なさいます		

・その絵_え、ご覧_{らん}になりましたか。　　那幅畫您看過了嗎？

・部長_{ぶちょう}、さしみを召_めし上_あがりますか。　　部長，請問您吃生魚片嗎？

❷ お V-ますになる／ご漢語になる

・ご家族、**お帰りになりました**か。　您的家人已經回去了嗎？

・午後の会議に**ご出席になります**か。　您會出席下午的會議嗎？

＼ ヒント！ ／

動詞的語幹如果只有一個音節，就不能使用「お」，例如：

・得る→× お得になる　　・煮る→× お煮になる

下面介紹的①與②也是自第二種尊敬語衍生出來的：

①お＋ V-ます＋ですか／ご漢語＋ですか

・VIP カード**をお持ちです**か。　您有貴賓卡嗎？

・**お出かけです**か。　您是要出門嗎？

②お＋ V-ます＋ください／ご漢語＋ください

・どうぞ、ご自由にそちらの紙を**お使いください**。

請自由使用那邊的紙。

・店員に**お問い合わせください**。　請詢問店員。

❸ ～れる、～られる　和被動形的變化方式相同

・どちらの席に**座られます**か。　請問您坐在哪邊的位置呢？

・けさ、何時ごろ**起きられました**か。　今早您幾點左右起床的呢？

請將以下的動詞改成尊敬語。

1. 部下：連休は何か（します→　　　　　　　）か。

　　您連假有做什麼嗎？

　　部長：何もしませんでした。　什麼都沒有做。

2. 部下：あの映画はもう（見ます→　　　　　　　）か。

　　您看過那一部電影了嗎？

　　部長：ええ、もう見ました。　嗯！已經看過了。

3. 部下：明日の食事会、部長は（来ます→　　　　　　　）か。

　　明天的餐敘，部長您會來嗎？

　　部長：ええ、行くと思います。　嗯！我想我會去。

4. 部下：ゆうべは何時ごろ（寝ます→　　　　　　　　）か。

　　您昨晚幾點就寢？

　　部長：10時頃寝ました。　我 10 點左右睡了。

5. 部下：何を（食べます→　　　　　　　）か。　您要吃什麼呢？

　　部長：じゃ、ラーメンにします。　那麼，我要吃拉麵。

答え：1. なさいました（されました）、2. ご覧になりました、3. いらっしゃいます（来られ
ます）、4. お休みになりました、5. 召し上がります

11-3 謙讓語

　　所謂的謙讓語就是說話者本身，或者是說話者這一方的人的動作或者是事物，透過謙讓語把自己的地位或自己這一方的人的地位或所有物降低，就等同於相對的一方，或者是在話題裡面登場的人物的地位就相對被提高了。相當於中文的「我」，改為「在下」的意思！

　　謙讓語也跟尊敬語一樣，有專屬的特別形式，變成謙讓語有以下幾種方式：

❶ 謙讓語的特別形式

直接將動詞換成下面表格中的謙讓語。

原形	特別形式的謙讓語
行_いく	参_{まい}ります、伺_{うかが}います
来_くる	参_{まい}ります
いる	おります
食_たべる	いただきます
飲_のむ	

原形	特別形式的謙譲語
する	いたします
言（い）う	申します、申（もう）し上（あ）げます
読（よ）む	拝読（はいどく）します
会（あ）う	お目（め）にかかります
聞（き）く	伺（うかが）います、拝聴（はいちょう）します
見（み）る	拝見（はいけん）します
知（し）っている	存（ぞん）じています
あげる	差（さ）し上（あ）げます
もらう	いただきます、頂戴（ちょうだい）します

・後（のち）ほど先生（せんせい）の研究室（けんきゅうしつ）に**伺（うかが）います**。　　我稍後去老師的研究室。

・昨日（きのう）部長（ぶ）が出演（ちょうしゅつえん）された番組（ばんぐみ）を**拝見（はいけん）しました**。

　昨天部長演出的節目我有收看了。

・先生（せんせい）、先日（せんじつ）**いただいた**パイナップルケーキはおいしかったです。

　老師、前幾天從您那裡拿到的鳳梨酥很好吃。

・わたしは王（おう）と**申（もう）します**。　　我姓王

❷ お＋Ｖ－ます＋する／ご＋漢語＋する

・先生_{せんせい}のお荷物_{にもつ}はわたしが**お持_もちします。**　老師您的行李由我來拿。

・**ご案内_{あんない}します。**　由我來導覽。

テスト！

以下是出現在辦公室裡的對話，有部長與下屬、學長和學弟以及不熟的同事之間的對話。因此需使用尊敬語或謙讓語，請協助將下面的句子改成謙讓語。

1. 部長：社員旅行_{しゃいんりょこう}に行_いきますか。　你要去員工旅遊嗎？

　　下屬：はい、（行_いきます→　　　　　　　　　　）。　我會去。

2. 同事Ａ：何<sub>なに</sub >かスポーツをなさいますか。　有做什麼運動嗎？

　　同事Ｂ：はい、テニスを（します→　　　　　　）。

　　有的，我打網球。

3. 同事Ａ：わたしの書_かいた文_{ぶん}を読_よんでくださいましたか。

　　您有看過我昨天的內容了嗎？

　　同事Ｂ：はい、昨日_{きのう}（読_よみます→　　　　　　　　　）。

　　昨天有拜讀過了。

4. 學長：遠慮_{えんりょ}なく食_たべてください。　不用顧忌，請吃。

　　學弟：はい、お言葉_{ことば}に甘_{あま}えて、（食_たべます→　　　　　　）。

　　就順著您的話來享用。

答_{こた}え：1. 参_{まい}ります、2. いたします、3. 拝読_{はいどく}しました、4. いただきます

丁寧語

　所謂的「丁寧語」，亦稱作「鄭重語」，就是顧慮聽者感受而使用的詞語，在結尾時通常會用「です」、「ます」、「でございます」。下面句子中的粗體部位就是表達鄭重（丁寧）語氣的地方。

・お手洗_{てあら}いはそちらに**ございます**。　廁所在那一邊。

・今日_{きょう}はとても忙_{いそが}しかった**です**。　今天相當的忙碌。

・わたしが行_いき**ます**。　由我去。

・わたしは今_{いま}事務室_{じむしつ}に**います**。　現在我在辦公室裡。

　在使用敬語時，其他的名詞等也都需要同時更新，才不會有上半身穿西裝，下半身穿夾腳拖的突兀感！

① 使用敬語時會用到的丁寧語：

普通語	丁寧語
ちょっと 一點點	少々_{しょうしょう}
さっき 剛剛	さきほど

普通語	丁寧語
あとで 之後	のちほど
すぐに 立即	さっそく
じゃあ 那麼	では、それでは
こっち、そっち、あっち 這裡、那裡、遠的那裡	こちら、そちら、あちら
昨日（きのう） 昨日	昨日（さくじつ）
今日（きょう） 今日	本日（ほんじつ）
明日（あした） 明日	明日（みょうにち）
おととい 前天	一昨日（いっさくじつ）
あさって 後天	明後日（みょうごにち）
どうですか 如何呢？	いかがでしょうか
〜してもいいですか 〜這樣也可以嗎？	〜してもよろしいでしょうか
すみませんが 不好意思	恐れ入りますが（おそれいりますが）

普通語	丁寧語
○○さん 先生、小姐	○○様
わたし 我	わたくし
わたしたち 我們	わたくしども
誰 誰	どなた
この前 前幾天	先日
人 人	方

ヒント！

　「敬語」不是只使用在向對方表達禮貌，有時候也會被用來「諷刺」或表達和對方是「有距離的」，是相敬如「冰」的意思。例如夫妻吵架時，太太對先生說：「あなた、そう**おっしゃったん**でしょうね。（您是那麼說的對吧？）」故意把「言う」用成敬語的「おっしゃる」表達距離，形成諷刺感。另外，**尊敬語也很常出現2重、3重敬語之類的錯誤**。例如：

・× 昼ご飯は召し上がりになられましたか。

　　→召し上がり、〜になる、〜られる各是一種敬語的表達方式。
　　　（1重）　　（2重）　　（3重）

・○ 昼ご飯は、**召し上がりま**したか。　　您已經吃午餐了嗎？

②常用敬語、普通語切換表

普通語	行く	来る	いる	食べる	飲む
丁寧語	行きます	来ます	います	食べます	飲みます
尊敬語	いらっしゃいます	いらっしゃいます	いらっしゃいます	召し上がります	召し上がります
謙譲語	参ります	参ります	おります	いただきます	いただきます

普通語	する	見る	言う	聞く
丁寧語	します	見ます	言います	聞きます
尊敬語	なさいます	ご覧になります	おっしゃいます	お聞きになります
謙譲語	いたします	拝見します	申します	拝聴します

普通語	知る	読む	会う	思う
丁寧語	知ります	読みます	会います	思います
尊敬語	ご存知です	お読みになります	お会いになります	お思いになります
謙譲語	存じます	拝読します	お目にかかります	存じます

美化語

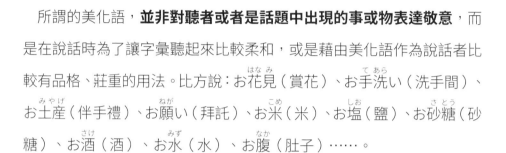

　所謂的美化語，**並非對聽者或者是話題中出現的事或物表達敬意**，而是在說話時為了讓字彙聽起來比較柔和，或是藉由美化語作為說話者比較有品格、莊重的用法。比方說：お花見（賞花）、お手洗い（洗手間）、お土産（伴手禮）、お願い（拜託）、お米（米）、お塩（鹽）、お砂糖（砂糖）、お酒（酒）、お水（水）、お腹（肚子）……。

　請注意，這和 CH11-1 用來表示向對方的事、物表達敬意的お和ご是不同的唷！

CHAPTER

12

副詞篇

所謂的副詞就是用來對後面接續的形容詞、動詞做修飾，而修飾的方式也有許多種。副詞主要分成幾大類。

❶ 情態副詞

　　主要用來敘述動作的狀態和樣子，也就是將動作敘述的更仔細。例如：ゆっくり（緩慢地）、わざと（故意地）、きちんと（好好地）、しっかり（好好地）、のんびり（悠閒地）、はっきり（清楚地）……。

- **ゆっくり**食べる　慢慢地吃

- **わざと**見ないようにする　故意不看

- **きちんと**片付ける　好好地整理

- **しっかり**やる　好好地做

- **のんびり**暮らす　悠閒地過生活

- **はっきり**言う　清楚明白地說

❷ 程度副詞

　　通常放在動詞或者是形容詞之前，用來敘述動作狀態的「程度」。例如：ちょっと（一點點）、とても（相當）、かなり（相當）、ずっと（相當；一直）、だいぶ（很、相當地）、もっと（更～）、さんざん（狠狠地）……。

- **ちょっと**痛い　一點點痛

- **とても**痛い　相當痛

・**かなり**強い雨{つよ}{あめ}　相當大的雨

・**ずっと**昔{むかし}　很久以前

・**だいぶ**治った{なお}　差不多恢復健康了

・**もっと**作る{つく}　做更多

・**さんざん**叱る{しか}　狠狠地罵

❸ 陳述副詞

　　此類副詞會要求相對應的字詞存在。例如：「おそらく（たぶん）～だろう」（大概～吧！）、「もし～なら」（如果～的話）、「なぜ（どうして）～か」（為什麼～）、「決して～ない」（絕對～不）、「まるで～ような（ようだ）」（宛如～一樣）、「どうも～ようだ」（總覺得像～）、「ちっとも～ない」（一點也不～）……。

・**たぶん**来る{く}**だろう**。　大概會來吧！

・**もし**行く{い}**なら**。　如果去的話。

・**なぜ**話した{はな}**か**。　為什麼說了呢？

・**決して**{けっ}し**ない**。　絕對不做。

・**まるで**人形{にんぎょう}の**ようだ**。　宛如洋娃娃一般。

・**どうも**太った{ふと}**ようだ**。　總覺得變胖了。

・**ちっとも**楽し{たの}く**ない**。　一點也不開心。

❹ 與時間、變化相關的副詞

　　除了這三大分類之外，還有一些常見的副詞：さっき（剛剛）、この間（前一陣子；上一次）、このごろ（最近）、今にも（馬上；眼看）、今度（這次；下次）、やっと（好不容易）、とうとう（終於）……。

- **さっき**雨が降った。　剛剛下雨了。

- **この間**の話だった。　前一陣子的事了。

- **このごろ**の若い者　現今的年輕人。

- **今にも**雨が降り出し**そうだ**。　眼看就要下雨了。

- **今度**、誘ってください。　下次請約我。

- **やっと**終わった。　終於結束了。

- **とうとう**完成した。　終於完成了。

- 風が**だんだん**強くなりました。　風漸漸變強了。

❺ 表示頻率的副詞

　　敘述一個動作或行為的頻率，常用的有：いつも（總是）、時々（時不時）、よく（常常）、たまに（偶爾）、あまり～ない（不太～）、全然～ない（完全不～）…

- **いつも**そばを食べる。　總是吃麵。

- **ときどき**行く。　時不時去。

- **よく**映画を見る。　常常看電影。

・**たまに**、外食^{がいしょく}する。　偶爾外食。

・**あまり**食^たべない。　不太吃。

・**全然**^{ぜんぜん}飲^のまない。　完全不喝。

❻ **用來表達數量的副詞**

　たくさん（很多）、すこし（一點點）、いっぱい（很多）、おおぜい（很多人）、ぜんぶ（全部）

・**たくさん**食^たべた。　吃了很多。

・**すこし**飲^のむ。　喝一點點。

・**いっぱい**入^{はい}った。　進來很多。

・**おおぜい**の人^{ひと}。　很多人。

・**ぜんぶ**捨^すてた。　全部丟掉了。

❼ **祈願、要求、推測**

　這類副詞有：ぜっひ（務必）、絶対に^{ぜったい}（絕對）、必ず^{かなら}（一定）、きっと〔一定（表推測）〕。

・**ぜひ**、うちに遊^{あそ}びに来^きてください。　請務必來我家玩。

・明日^{あした}、**きっと**雨^{あめ}が降^ふるでしょう。　明天一定會下雨吧！

・金曜日^{きんようび}までに、**必ず**^{かなら}仕事^{しごと}を終^おわらせます。

　禮拜五之前，一定會將工作完成。

・**絶対に**^{ぜったい}忘^{わす}れない。　絕對不忘。

請將以下空格填入適當的副詞

1. わたしは冬（　　　）風邪を引きます。今年の冬はもう3回引きました。　我冬天常常感冒，今年的冬天已經感冒3次了。

2. 姪は（　　　）人形のように可愛いです。　姪女跟洋娃娃一般可愛。

3. A：「一緒に食事しませんか。」　要一起吃飯嗎？

　　B：「すみません、今日はちょっと、また（　　　）誘ってください。」　不好意思，今天有一點點不方便，請下次再邀約我。

4. あの女の子は転んでしまって、（　　　）泣き出しそうです。

　　那個女孩子跌倒了，馬上就要哭出來了。

5. 今年は（　　　）N3 の能力試験に合格できました。

　　今年終於通過 N3 的能力考試了。

6. 新年の商店街には買い物客が（　　　）います。

　　新年的商店街充滿了購物的客人。

7. 4月に入って、（　　　）暖かくなってきました。

　　進到 4 月就變得很暖和了。

8. このメロンは（　　　）甘くないです。　這顆哈密瓜不太甜。

答え：1. よく、2. まるで、3. 今度、4. 今にも、5. とうとう、6. たくさん、

　　　7. だいぶ（かなり）、8. あまり

CHAPTER

13

接續詞篇

句子接續的方式有兩種，一種是「接續詞」，作為承先啟後的作用，用來說明前句和後句之間的關係；而另一種稱為「接續助詞」，則附加於前面句子的語尾，但句子尚未結束，而又緊接著下一個句子。**以獨立性來說，「接續詞」本身是獨立的，而接續助詞則需倚賴「前項要素」而存在。「接續助詞」就像車廂和車廂間幫忙串接的要素，無法獨立存在，但又賦予句子意思，因此也很重要。**

❶ 接續詞的使用方式

S1。接續詞、S2

・わたしは果物が好きです。**しかし**、バナナは好きじゃないです。

　我喜歡水果，但不喜歡香蕉。

❷ 接續助詞的使用方式

S1 接續助詞、S2

・わたしは果物が<u>好きです</u>**が**、バナナは好きじゃないです。

　我喜歡水果，但不喜歡香蕉。

❸ 常用的接續詞

　　常用的接續詞，大致上以功能區分可以分成六大類，本書先列出 N5 ～ N3 程度的給讀者學習及參考。

① 順接

Ⓐ **そして　而且〜** N5

・映画が始まりました。**そして**、人が多くて、びっくりしました。

電影已經開始了，而且人很多，我嚇了一跳。

Ⓑ **それから　而且；然後〜** N5

◆ **表示並列**

・わたしは日本語が好きです。**それから**、英語も好きです。

我喜歡日語，而且也喜歡英語。

◆ **表示前後順序**

・肉を入れます。**それから**、醤油をかけます。

先加入肉，然後淋上醬油。

Ⓒ **そこで　於是** N4

前項是導致後項的因素，後面不能接意向形。

・親と喧嘩して、家を出ました。**そこで**、一人暮らしを始めました。

和父母吵架，離開了家。於是開始了一個人的生活。

Ⓓ **それで** N4

由於前項的要素，導致後項的結果，後面不能接意向形。

・あの本屋にはファッション誌が多いです。**それで**、若い女性が

たくさんいます。　那間書店有很多流行雜誌，因此有很多年輕的女性。

②表示逆接：

Ⓐ しかし　但是～ N5

・ハンバーガーが大好きです。**しかし**、あまり食べません。

　　最愛漢堡了，但是不太吃。

Ⓑ でも　但是～ N5

・ディズニーランドは楽しい場所です。**でも**、チケットは高いで

　すよ。　　迪士尼樂園很有趣，但是門票很貴哦！

③表示並列或累加

Ⓐ そして　而且～ N5

・彼はハンサムです。**そして**、親切です。　　他很帥，而且很親切。

・その店はちょっと遠いです。**そして**、高いです。

　　那間店有點遠，而且也很貴。

Ⓑ それに　而且～ N5

・煉獄杏寿郎は強いです。**それに**、心が暖かいです。

　　煉獄杏壽郎很強大，而且內心很溫暖。

・風が強いです。**それに**、雨も降ってきました。

　　風很強，而且也下雨了。

④對比、選擇

Ⓐ**それとも**　或者 **N3**

・コーヒー、**それとも**紅茶_{こうちゃ}にしますか。　要喝咖啡或者紅茶呢？

・好_すきな色_{いろ}は青_{あお}ですか。**それとも**、黄色_{き いろ}ですか。

　喜歡的顏色是藍色還是黃色？

⑤轉換話題

Ⓐ**では**　那麼 **N5**

・学生_{がくせい}はみんな着_つきました。**では**、練習_{れんしゅう}を始_{はじ}めましょう。

　學生每位都到了，那麼，我們開始練習吧！

・**では**、今日_{きょう}はここまでにしましょう！

　那麼，今天就先到這邊吧！

⑥說明

Ⓐ**つまり**　也就是說 **N3**

・彼女_{かのじょ}のお父_{とう}さんはイギリス人_{じん}です。お母_かさんは日本人_{に ほんじん}です。**つまり**、彼女_{かのじょ}はハーフです。

　她的父親是英國人，母親是日本人。也就是說她是混血兒。

・彼女_{かのじょ}は母_{はは}の弟_{おとうと}の娘_{むすめ}です。**つまり**、従姉妹_{い と こ}です。

　她是我母親弟弟的女兒，也就是我的表妹。

❹接續助詞

①〜が　雖然 N5

> 普通形、禮貌形＋が

・彌豆子は鬼ですが、人間の味方です。

彌豆子雖然是鬼，卻是人類的夥伴。

・新幹線で行くのが高いですが、早いです。

搭新幹線去雖然貴，但很快。

②〜けれど　雖然 N5

> 動詞普通形、動詞禮貌形＋けれど
>
> 名詞だ、な形容詞だ＋けれど
>
> い形容詞普通形、禮貌形＋けれど

・料理は高いけれど、美味しくないです。

料理雖然很貴，卻不好吃。

・彼女は美人だけれど、性格がよくないです。

她雖然是美女，個性卻不好。

③〜のに　明明〜卻〜 N4

> 動詞、い形容詞普通形＋のに
>
> な形容詞、名詞＋な＋のに

・運動しているのに、ぜんぜん痩せられません。

明明運動了卻完全瘦不下來。

・残業が嫌なのに、上司の前では言えませんでした。

明明討厭加班，在上司面前卻什麼都說不出口。

④〜くせに　明明〜卻〜 N3

動詞、い形容詞＋くせに

な形容詞＋な＋くせに

名詞＋の＋くせに

＊比起「のに」、「くせに」帶有不滿、責備的語氣。

・宿泊料が高いくせに、サービスが悪いです。

住宿費明明很高，服務卻很差。

・彼女のことが好きなくせに、告白はしない。

明明很喜歡她，卻不告白。

⑤〜ても　即便，也 N4

動詞て形＋も

・先生に聞いても、答えがわかりません。

即便問了老師，也不清楚答案。

・たくさん食べても、太りません。　即便吃很多也不會胖。

⑥ ～といっても　雖說～ **N3**

　　　動詞、い形容詞普通形＋といっても

　　　名詞だ＋といっても

　　　な形容詞だ＋といっても

・日本語ができる**といっても**、挨拶だけです。

　雖然說會日文，也只會打招呼。

・最新モデル**だといっても**、画面のサイズが少し大きくなっただけ

　です。　雖說是最新款，卻也只是畫面的尺寸稍為變大而已。

＼ もっと！ ／

此部分可以待稍有餘裕時，再回頭來學習喔！

　帶有意外語氣的接續詞：

❶ **すると**　竟然～做完前句的事情後，突然產生後句的結果

・缶詰を野良猫にやりました。**すると**、猫が家までついて来まし

　た。　拿罐頭餵野貓，結果沒想到貓竟然跟到家裡來了。

❷ **ところが**　竟然；然而。表示後句的結果不是話者所預料到的

・わたしは今度こそ部長になれると思いました。**ところが**、なれ

　ませんでした。　我以為這次絕對可以成為部長，然而卻沒有。

文法補給站

除了文章裡面提到的接續助詞外，還有其他的接續助詞，這部分可以待較有餘裕時再回過頭來學習喔！

常用接續助詞一覽			
と	順接	辭書形＋**と** （一～就～）	・春になる**と**、桜が咲きます。 一到春天，櫻花就會開。
なら		辭書形＋**なら** 如果～的話	・参加する**なら**、名前と電話を書いてください。 如果要參加的話，請寫上姓名及電話。
ば	對比 並列	假定形＋ば	・運がいい人もいれば、悪い人もいる。 有運氣好的人，也有壞的人。（並列） ・あの日は、風も吹けば、雨も降った。 那天既颱風又下雨。（對比）

ので	原因；理由	い形容詞、動詞＋ **ので／ですので** 名詞、な形容詞＋ **なので** 因為〜	・日本人^{に ほんじん}**なので**、台湾語^{たいわん ご}がわからない。 因為是日本人，所以不懂台語。
から		動詞／い形容詞＋ **から** 名詞、な形容詞＋ **だから、ですから** 因為〜	・10 時^じ**だから**、そろそろ帰^{かえ}ろう。 十點了，差不多該回家囉！
し	並列；累加	句子＋**し** 既〜也〜	・お酒^{さけ}も飲^のまない**し**、タバコも吸^すわない。 既不喝酒，也不抽煙。
たり		〜**たり、たり**します 表示列舉，又〜又〜	・洗濯^{せんたく}を**したり**、掃除^{そう じ}を**したり**した。 既洗衣服，又打掃。

請填入適當的接續詞或者接續助詞。

しかし、そして、だから、すると、

それで、それでは、それに、が

1. 暑いから、窓を開けた。＿＿＿＿＿＿新鮮な空気が入ってき

た。　因為很熱，所以把窗戶打開了。突然，新鮮的空氣就進來了！

2. 父に何度も連絡をした。＿＿＿＿＿応答はなかった。

跟父親聯絡了好幾次，結果都沒有回應。

3. 風邪を引いて、頭がとても痛いです。＿＿＿＿＿、今日は家

にいます。　因為感冒了，頭很痛。因此今天在家裡。

4. ビールを飲みました。＿＿＿＿ウィスキーとワインもたくさん

飲みました。　喝了啤酒，此外，也喝了很多的威士忌跟紅酒。

5. みなさん、お疲れ様でした。＿＿＿＿＿、また来週。さよう

なら。　那麼！我們下週再見。

6. わたしは肉がすきです＿＿＿＿、豚肉は食べないです。

我雖然喜歡吃肉，但是不吃豬肉。

7. もう時間がない。＿＿＿＿＿、タクシーで行こう。

沒有時間了。因此搭計程車去吧！

答え：1. すると、2. しかし、3. それで（だから）、4. それに（そして）、5. それでは、6. が、

7. だから（「それで」後面不接意向形）

CHAPTER

14

複合格助詞篇

所謂的格助詞是表達名詞跟動詞或形容詞之間的語義關係，如：が、に、を、で……加上「て形」來做句與句的連接，成為「によって」、「について」、「を通じて」等，這樣的「格助詞＋て形」的構造，稱為「複合格助詞」。本章就常見的複合格助詞來做說明。這個單元雖然稍有難度，但是書面用語很常使用，更是檢定的必考題型，想參加檢定考的朋友，千萬不要錯過這個章節！

❶ 〜に対して　表示動作、感情施予的對象。對於〜 N3

名詞＋に対して／〜に対し／〜に対する＋名詞

・この学校では、留学生に対して奨学金を支給しています。

　這個學校針對留學生提供獎學金。

・この遊園地では、お年寄りに対してチケットの割引があります。

　這個遊樂園對於老年人有折扣。

❷ 〜にとって　對〜來說〜 N3

名詞＋にとって

・わたしにとって今一番大切な人は子供です。

　對我來說，現在最重要的人是孩子。

・その情報はわたしにとって、貴重な情報です。

　那個情報對我來說，是重要情報。

　　初學者容易將「に対して」、「にとって」混淆，其實只要注意看後面有沒有針對「〜にとって」前面的名詞做形容，如果有，大多數是用「にとって」喔！而「〜に対して」後面多為動作。

❸〜について　針對〜 N3

　　名詞＋について／〜についての

・すみません、アルバイトの内容について、ちょっと聞きたいんですが。　不好意思，我想針對打工的內容稍微詢問一下。

・これから、今回の事故についての会議を行います。

　接下來，要舉行針對這次的事故會議。

❹〜によって／〜によると／〜によれば N3

①隨〜而〜　後面接表示變化的動詞

・学校は天気や場所によって制服を替えます。

　學校會隨著天氣、場所更換制服。

・地域によって、使う方言も違います。

　隨著地區不同，使用的方言也會不同。

②表示原因

　　　名詞＋によって／名詞＋による名詞

・地震によって、木がたくさん倒れました。　　因為地震，很多樹倒了。

・今年はいろいろなところで、大雨による災害が起こりました。

　今年有許多地方，有因為大雨而發生的災害。

③根據

　　　によれば／～によると

　前面放情報、資訊來源，後面常與表達「聽說」、「傳聞」的「そうです」一起使用。

・先生の話によれば、今回合格した受験生が多いです。

　根據老師的說法，這次合格的考試生很多。

・天気予報によると、あしたは雨が降るそうです。

　根據天氣預報，聽說明天會下雨。

④透過

　　　名詞によって／名詞＋による＋名詞

　進行某事物時，透過某方法手段而進行。

・ツイッターを使うこと**によって**、話題の記事が読めます。

透過推特可以閱讀話題的文章。

・会社はリストラ**によって**、人件費を削減します。

公司透過裁員，來削減人事費用。

⑤**用於被動態用於創造、發明類的句型**

・この小説は、村上春樹**によって**書かれました。

這個小說是村上春樹所寫的。

・電話はベル**によって**発明されました。　電話是貝爾發明的。

❺**〜に比べて　和〜相比。N1 和 N2 相比，N2 比較〜** N3

・ピザはお米や蕎麦**に比べて**、カロリーが高いです。

比薩和米還有蕎麥麵比起來熱量比較高。

・隣の町**に比べて**、わたしの住んでいる町は住民税が安いです。

和隔壁的城鎮相比，我所住的城市住民稅比較低。

❻**〜を通して／通じて　透過〜** N3

・遊びを**通して**、子供の成長の様子が把握できます。

透過遊戲，可以來掌握孩子成長的狀態。

・人間は言葉を**通して**、コミュニケーションができます。

人類可以透過語彙來溝通。

・漫画を通じて、流行語を学びます。

透過漫畫來學流行用語。

❼ ～につれて　隨著～而～ N3

名詞／辭書形＋につれて

Ａにつれて、Ｂ，Ｂ後面伴隨著表示變化意思的動詞。

・年を取る**につれて**、物忘れがひどくなってきました。

隨著年紀增長，健忘也隨之嚴重起來。

・物価の上昇**につれて**、生活費が高くなっていきます。

隨著物價上升，生活費也逐漸變貴。

❽ ～にかけて　常和「から」呼應，用於表示橫跨「時間」與「空間」的範圍

名詞＋にかけて

◆時間

・今日から明日**にかけて**雨が降るでしょう。

從今天到明天會有下雨的可能。

・土曜日から日曜日**にかけて**強い雨が降るそうです。

從禮拜六到禮拜天會有豪大雨的可能。

◆空間

・本州から四国地方**にかけて**梅雨の季節に入ります。

　從本州到四國地方進入梅雨季。

・台湾新幹線は台湾の西側の北部から南部**にかけて**走っています。

　臺灣的新幹線行駛在臺灣西部從北到南。

⑩〜として　作爲

　　名詞＋として

・彼は留学生**として**、台湾に来ました。　他作為一個留學生來臺灣。

・彼は作家**として**有名です。　以作家來說他有名氣。

テスト！

請圈選出正確的複合格助詞。

1. わたしは趣味（において、として）、日本語を勉強しています。

   作為興趣，我正在學習日語。

2. 日本では 3 月から 5 月（にかけて、において）桜が見られます。

   在日本從 3 月到 5 月可以看得到櫻花。

3. 時代の変化（にかけて、につれて）、流行する食べ物も変わ

   ります。　隨著時代的變化流行的食物也跟著改變。

4. このケースは彼女（に対して、にとって）簡単なことです。

   這個案件對她來說很簡單。

5. 大雪（によって、を通して）、電車がとまりました。

   因為大雪，電車停駛了。

6. お隣さん（に比べて、を通じて）、うちの電気代が高いです。

   和鄰居相比，我們家的電費比較貴。

7. 彼女（を通じて、につれて）、主人と出会いました。

   透過她，我和老公相遇了。

答え：1. として、2. にかけて、3. につれて、4 にとって、5. によって、6. に比べて、

　　　7. を通じて

CHAPTER

15

易混淆篇

在教學的十幾年中，發現了一些有趣的現象，就是身為母語為中文的學習者，會錯、會混淆的都是雷同的文法，而這也是我致力寫出這一單元的契機，相信您在讀完之後一定會有茅塞頓開之感，請不要錯過本單元喔！

❶ そうだ、ようだ、らしい

在日文裡，這三個文法由於都具有「聽說」或「好像」的意涵在裡面，因此容易混淆，在此用些篇幅來說明。

① そうだ　聽說～

表達「傳聞」的用法，傳達所見所聞。常常用「**～によると、～そうです**」、「**～によると、～ということです**」的型態出現，「によると」常可改為「によれば」。

◆接續方式如下：

そうだ（聽說）	現在	現在否定	過去	過去否定
動詞	降るそうだ	降らないそうだ	降ったそうだ	降らなかったそうだ
い形容詞	暑いそうだ	暑くないそうだ	暑かったそうだ	暑くなかったそうだ
な形容詞	静かだそうだ	静かじゃないそうだ	静かだったそうだ	静かじゃなかったそうだ
名詞	医者だそうだ	医者じゃないそうだ	医者だったそうだ	医者じゃなかったそうだ

・ニュース**によると**、今週末台風が上陸する**そうです**。

　　根據新聞，聽說這週末颱風會登陸。

・新聞**によると**、富士山では今大雪が降っている**ということです**。

　　根據報紙，富士山現在正下著大雪。

・天気予報**によれば**、あしたは晴れる**そうです**。

　　根據氣象預報，明天是晴天。

②ようだ　好像

　　「ようだ」是助動詞，可以接續在形容詞、形容動詞、動詞之後。

用「**身體感官**」感覺到所做的推測、不確定的判斷或想像。

◆接續方式如下：

ようだ 変化	現在	現在否定	過去	過去否定
動詞	降る**ようだ**	降らない**ようだ**	降った**ようだ**	降らなかった**ようだ**
い 形容詞	暑い**ようだ**	暑くない**ようだ**	暑かった**ようだ**	暑くなかった**ようだ**
な 形容詞	静かな**ようだ**	静かじゃない**ようだ**	静かだった**ようだ**	静かじゃなかった**ようだ**
名詞	医者の**ようだ**	医者じゃない**ようだ**	医者だった**ようだ**	医者じゃなかった**ようだ**

- 最近、ちょっと痩せた**ようです**。　　最近好像稍微瘦了。

- 日本人は小さい車が好き**なようです**。　　日本人好像喜歡小車。

- あの人はお医者さん**のようです**。　　那個人好像是醫生。

　　表示推定的「らしい」和「ようだ」通常是相通，但是「**ようだ**」以說話者的內心作為依據，而「**らしい**」則是以外在的事實作為依據，所以如果是自己身體的感覺只能用「ようだ」。以實際對話來說明兩者之差異。

- 《鈴木打電話給公司請假》

　　鈴木：すみません、ちょっと風邪を引いた**よう**ですが、今日、
　　　　　休ませていただけないでしょうか。

　　　　　不好意思今天因為感冒，可以讓我請假嗎？

　　田中：わかりました。どうぞ、ゆっくり休んでください。

　　　　　我明白了，請好好休息。

- 《田中傳達鈴木請假的消息給課長》

　　田中：鈴木さんは風邪を引いた**らしい**です。今日休みたいと言
　　　　　っていました。　　鈴木小姐她好像感冒了，說今天想要請假。

　　課長：そうですか。　　這樣啊。

從對話裡可以看出鈴木覺得自己「很像」感冒了，**由於是自身的感覺，不能用「らしい」；另一方面，傳達鈴木感冒的田中，由於不是自己身體的感覺，所以不能用「ようだ」**，只能用從第三者角度來「傳達」聽到的內容，所以要用「らしい」。

③らしい　聽說～

「らしい」是將所見所聞，「經過自己的思考」之後進行「推測」。

◆接續方式如下：

らしい 変化	現在	現在否定	過去	過去否定
動詞	降る らしい	降らない らしい	降った らしい	降らなかった らしい
い形容詞	暑い らしい	暑くない らしい	暑かった らしい	暑くなかった らしい
な形容詞	★静か らしい	静かじゃ ないらしい	静かだった らしい	静かじゃな かったらしい
名詞	★医者 らしい	医者じゃ ないらしい	医者だった らしい	医者じゃな かったらしい

・このパン屋はおいしい**らしい**ですよ。いつも多くの人が並んで

いますから。　這間麵包店應該是好吃的喔！因為總是有很多人在排隊。

（看到麵包店前面有很多人排隊，因此經過自己的判斷後推測這間麵包店

應該好吃。）

・日本に留学している娘からメッセージが来ました。とても楽し

い**らしい**です。　在日本留學的女兒來了訊息，應該是滿快樂的。（根

據女兒傳來的訊息，推測出女兒在日本留學應該是很快樂的。）

◆らしい的其他用法

Ⓐ表達具有某種特質

　　除了上述表達「推測」的用法之外，らしい也有接在名詞後面，

表達**性質**的功能。

・川口さんは女**らしい**です。　川口小姐非常有女人味。（川口是女性）
・鈴木さんは男**らしい**です。　鈴木先生非常有男人味。（鈴木是男性）

Ⓑ比較

・木村さんは女**のような**人です。　木村先生像個女人。（木村是男性）
・お姉さんは子供**のような**人です。　你姐姐像個小孩。（姐姐是大人）

④みたい和ようだ

　　在意思上，雖然兩者幾乎一樣，都具有「好像」的意思，但在接續

上兩者有不同處。在な形容詞和名詞的接續上**ようだ前面要加な**，變

成「**～なようだ**」；而**みたい則是在後方加だ**，變成「**～みたいだ**」。

・この町は【賑やか**なようだ**、賑やか**みたいだ**】。

這個城鎮好像很熱鬧。

・台北は今、【雨**のようだ**、雨**みたいだ**】。　臺北現在好像正在下雨。

「みたいだ」，口語時可以允許「だ」脫落成為「みたい」，「ようだ」則不允許脫落「だ」。

・× 父が帰ったよう。

・○ 父が帰った**みたい**。　爸爸好像回來了。

❷ ～て欲しい和～が欲しい

這是兩個外觀近似，但意思完全不同的文法。「～てほしい」是說話者希望**對方**做某行為的用法，前面是**動作**，例如：

・早く行っ**てほしい**です。　希望你快點去。

・もうちょっと頑張っ**てほしい**。　希望你能再更盡力一點。

因此，「早く結婚し**てほしい**です」，是說話者希望聽話者早點結婚，而不是說話者本身想早點結婚。「**～が欲しい**」則是說話者本身希望得到某物品，助詞「が」的前面放的是「名詞」。例如：

・新しい携帯**が欲しい**です。　想要新手機。

・子供**が**欲しいです。　想要小孩。

需要留意的是，如果是第二、第三人稱需要改為「**～をほしがる**」，

例如：「子供がおもちゃを欲しがっている（小孩想要玩具）」；或是運用「らしい、みたい、ようだ」成為「子供はおもちゃがほしいみたいだ（小孩好像想要玩具）」、「子供はおもちゃが欲しいと言っていました」（小孩說想要玩具）唷！

❸ 〜そうだ　好像。表達樣態

＼ テスト！ ／

看圖說說看，將以下關鍵字組成一個表達「樣態」的句子吧！

1. 木、倒れる、そうだ→

2. 本、落ちる、そうだ→

（接下頁）

テスト！

3. 雨、降る、そうだ→

4. 料理、おいしい、そうだ→

5. 魚、死ぬ、そうだ→

6. 子供、泣く、そうだ→

7. 男の人の靴下、破れる、そうだ→

答え：1. 木が倒れそうだ、2. 本が落ちそうだ、3. 雨が降りそうだ、4. 料理はおいしそうだ、
5. 魚が死にそうだ、6. 子供が泣きそうだ、7. 男の人の靴下が破れそうだ

「そうだ」有兩種用法，其中之一是表達「傳聞」，另一種則是表達「樣態」，兩者的接續方式並不同，底下介紹的是表達「樣態」的用法。

① 從所見所聞所感受到的來做推測

・その寿司屋は**高そう**ですから、先に値段を確認したほうがいい
ですよ。　那間壽司店看起來很貴，先確認價錢比較好喔！

・雨が降り**そう**だから、早く家に帰りましょう。
因為看起來快要下雨了，我們快點回家吧！

② 眼看就要，表示即將要發生，還未發生的狀態

・木が倒れ**そう**です。　樹木快要倒了。

・財布が落ち**そう**です。　錢包看起來快要掉了。

◆接續方式如下：

そうだ （好像）	現在	現在否定	過去	過去否定
動詞	降りそうだ	降りそうも ない	降りそう だった	降りそうもな かった
い 形容詞	よさそうだ	よくなさ そうだ	よさそう だった	よくなさそう だった
	暑そうだ	暑くなさ そうだ	暑そうだった	暑くなさそう だった
な 形容詞	静かそうだ	静かじゃな さそうだ	静かそう だった	静かじゃなさ そうだった

③否定形以「～そうもない」、「じゃなさそうだ」、「～なさそうだ」

來呈現

◆い形容詞 **N3**

い形容詞＋く＋なさそうだ

・おいし**くなさそうだ**　看起來不好吃

・辛**くなさそうだ**　看起來不辣

◆な形容詞 N3

な形容詞＋じゃ＋なさそうだ

・静(しず)か**じゃなさそうだ**。　看起來不安靜。

・暇(ひま)**じゃなさそうだ**。　看起來沒空。

◆動詞 N3

V-ます＋そうもない、そうにない

・雨(あめ)が降(ふ)り**そうもない**。　看起來不會下雨。

・給料(きゅうりょう)が増(ふ)え**そうにない**。　看起來不會加薪。

＼ ヒント！ ／

表達樣態用法的「そうだ」，是針對外在來推定事物性質。因此從外觀就能立即判斷，沒有「形容詞＋そうだ」的用法。

・× 台北(たいぺい) 101 ビルは高(たか)そうです。

○ 台北(たいぺい) 101 ビルは高(たか)いです。　台北 101 很高。

- ×このりんごは赤<ruby>あか</ruby>そうです。

  ○このりんごは赤<ruby>あか</ruby>いです。　這個蘋果是紅色的。

- ×あの女<ruby>おんな</ruby>の子<ruby>こ</ruby>、綺麗<ruby>きれい</ruby>そうですね。

  ○あの女<ruby>おんな</ruby>の子<ruby>こ</ruby>、綺麗<ruby>きれい</ruby>ですね。　那個女孩子真漂亮呢！

此外名詞也不能加上表達樣態的「そうです」，要以「ようです」來代替。例如：

- ×あの人<ruby>ひと</ruby>は医者<ruby>いしゃ</ruby>そうです。

  ○あの人<ruby>ひと</ruby>は医者<ruby>いしゃ</ruby>のようです。　那個人看起來是醫生。

❹ こと

①～ことにする　我打算、我決定。這個句型是用來表示說話者的主觀決定 N4

> 辭書形、ない形＋ことにする

- 毎日<ruby>まいにち</ruby>、ジョギングする**ことにしました**。　我決定要每天跑步。

- 今週末<ruby>こんしゅうまつ</ruby>、山登<ruby>やまのぼ</ruby>りをする**ことにしました**。　我決定本週末要爬山。

②～ことになる　變得。用於其他人決定的事情 **N4**

　　　辭書形、ない形＋ことになる

・家の周辺には車を止めてはいけない**ことになりました**。

　家裡的附近變得無法停車了。

・来週から、大阪で働く**ことになりました**。

　從下週開始變成要在大阪工作了。

③～ことになっている　表示客觀的規定或準則 **N4**

　　　辭書形、ない形＋ことになっている

・日本の家に入る時、くつを脱ぐ**ことになっています**。

　進到日本的房子裡，規定要脫鞋。

・シンガポールでは、道にガムを捨てると罰金を払わなければい

けない**ことになっています**。

　在新加坡，將口香糖吐在道路上面的話，必須支付罰款。

❺ だけ和しか～ない

　兩者的中文都是「只有」，因此是學習者容易搞混的部分，差異在於
「しか」有不足的語氣，而「だけ」沒有喔！

　　・晩ごはんはパン**だけ**食べました。　　晩餐只吃了麵包。

晩ごはんはパン**しか**食べ**ませんでした**。

晩餐只吃了麵包。（覺得只吃麵包不夠）

・このグラスは水が半分**だけ**入っています。

這個杯子裡面水裝了半杯。

このグラスは水が半分**しか**入っていません。

這個杯子裡面只有裝一半的水。（覺得水不夠）

❻ V. ませんか和 V. ましょうか

① ～ませんか

「ます形的否定＋か」成為「～ませんか」是主動積極「邀約」之意，這和「～ますか」用於單純詢問對方是否「有做～某動作」是不一樣的。

・A：社員旅行、一緒に行き**ませんか**。　要一起去員工旅遊嗎？

　B：ええ、いいですよ。　好喔！

・A：このゲーム、おもしろいです。林さんもやってみ**ませんか**。

　　這遊戲很有趣，林先生要玩玩看嗎？

　B：すみません、今はちょっと忙しいんですが。

　　不好意思，現在有點忙碌。

②〜ましょうか

「〜ましょうか」是「我」（說話者）提議要幫對方（聽話者）做些什麼時所使用的表達法。回答則使用表示請求的表達方式，或是「いいです」來回答。

・A：暑いですね。窓を開け**ましょうか**。　好熱對吧？我開窗戶如何？

　B：あ、おねがいします。　啊、麻煩你了。

・A：部屋の掃除、手伝い**ましょうか**。　我來幫忙打掃房間吧？

　B：すみません、ありがとうございます。　不好意思，謝謝你。

❼ 思う和考える

「思う」常常用於感覺，或很短時間內做出的判斷；「考える」則用於經過仔細思考後做的判斷。例如：「合格できる**と思う**」，這句是指「我**認為**可以合格」，而「合格できるように**考える**」意思則是「為了**合格**這件事而思考」，例如：做模擬試題、每天讀書、多複習等。

①思う　前面常常伴隨著感覺、情緒、自己的意見等，常用於第一時間做出的判斷

・○ 明日は寒いと**思う**。　我認為明天會很冷。

・× 明日は寒いと考える。

◆衍伸用法：意向形＋思う　打算～

・○ これから出かけよう**と思う**。　　正打算接下來要出門。

　　× これから出かけようと考える。

②考える　透過理性的思考後，做分析及判斷

・○ よく**考えた**結果、今の会社を選んだ。

　審慎思考後，選了現在的公司。

　　×よく思った結果、今の会社を選んだ。

❽ 「～さ」和「～み」 N4

　　不論哪一個都是接在形容詞的後面，讓形容詞的詞性成為**名詞**。差異在於前者通常是可以量化的，後者則是「有～的感覺」，通常為無法量化的東西。要注意並非所有的「い形容詞」、「な形容詞」都具有這樣子的形態。

　　い形容詞→去い＋さ／み→名詞

・○このコーヒーは甘さが控えめです。　　這杯咖啡糖有減量。
　　×このコーヒーは甘みが控えめです。

通常「さ」是可以量化的，如上述咖啡的糖量是可以控制的。但「み」是比較抽象的沒有辦法量化，例如：「甘み」（甘甜）。

・○ 甘みのあるビール。　有甜甜味的啤酒。

　　× 甘さのあるビール。

① 有成對對應的さ和み

～み	甘み	厚み	深み	重み	弱み	強み	丸み	面白み
～さ	甘さ	厚さ	深さ	重さ	弱さ	強さ	丸さ	面白さ

② 無成對的對應さ和み

○	長さ	多さ	若さ	安さ	薄さ	不便さ	心配さ	勇敢さ
×	長み	多み	若み	安み	薄み	不便み	心配み	勇敢み

只要記住可以客觀認定的如「長い」、「大きい」、「小さい」、「若い」、「多い」、「薄い」，大多都無法替換成「み」。

❾ ばかり

「ばかり」有許多種的用法，在這裡舉比較常混淆的用法來說明。

①數量、次數很多　光是～；老是～

　　名詞＋ばかり

・最近、毎日雨**ばかり**降っていますね。　最近老是每天下雨呢！

・父は飴**ばかり**食べています。　爸爸老是在吃糖。

動詞て形＋ばかりだ、ばかりいる

・最近、泣いてばかりいます。　最近老是在哭。

・授業中、寝てばかりいるから、よく先生に叱られます。

　在上課中老是在睡覺，常被老師罵。

② ～たばかりだ　剛～

　　動詞た形＋ばかり、ばかりの～

表示剛剛結束某一個行為或某一個動作。

・息子は小学校に入ったばかりです。　兒子剛上小學。

・アメリカに行ったばかりの時、英語がわからなくて困りました。

　剛去美國的時候，不懂英語很困擾。

❿ ～たばかり和～たところ　剛～

　「～たばかり」和「～たところ」都可以表示剛做完某個動作，但還是有限制與差異。「～たばかり」可以用於不是剛結束的時間點，亦可用於心裡層面認為「剛～不久」的狀況；而「～たところ」只能用於剛接束的時間點。例如：

・教室に入っ**たばかり**です。　剛進教室。（可能離進教室已經有一段時間，但心理上覺得才剛進教室）

　教室に入っ**たところ**です。　剛進教室。（正好剛踏進教室）

・○ 去年、会社に入っ**たばかり**です。

　去年剛進公司。（雖然是去年的事，但心裡覺得自己才剛進公司還很菜。）

　× 去年、会社に入っ**たところ**です。

　去年剛進公司。（但實際上已經是去年的事情，不是剛結束的時間點。）

　因此，可以說「わたしは三年前に結婚し**たばかり**です（我三年前剛結婚）」，因為話者在心理層面覺得「剛結婚三年，是很短的時間」，卻不能說「×わたしは三年前に結婚し**たところ**です」原因在於「三年前」已經不是剛結束的時間點，所以不能用「～たところ」囉！

⓫ わけ

　わけ的漢字是「訳」，有很多種用法。

①わけ　也就是說，歸納前面所說過的內容 **N3**

〔動詞、い形容詞〕普通形＋わけだ

〔名詞、な形容詞〕＋な＋わけだ

・A：3時に出発しましたが、7時に着いたんです。

　3點出發，7點才到達。

　B：4時間もかかった**わけ**ですね。　也就是說花了4個小時對吧？

・つまり、彼女はわたしのライバル**なわけだ**。

也就是說，她是我的對手。

②わけではない　並非，用來表示**否定前面句子的意思** N3

〔動詞、い形容詞〕普通形＋わけではない

〔名詞、な形容詞〕＋な＋わけではない

・日本語はあまり話しませんが、できる**わけではない**です。

雖然不太說日語，並不是不會。

・成績は大切なことですが、勉強だけでいいという**わけではない**

です。　成績雖然很重要，並不是說只要念書就好。

③わけがない　不可能，用來表示**否定前面句子的可能性** N3

〔動詞、い形容詞〕普通形＋わけがない

〔名詞、な形容詞〕＋な＋わけがない

・こんな難しい仕事は彼女にできる**わけがない**です。

這麼困難的工作，她不可能會的。

・彼女は出張なので、今日来る**わけがない**です。

她去出差了，今天不可能會來。

・あいつが犯人な**わけがない**！

那傢伙不可能是犯人。

④わけにはいかない　不能～ / ないわけにはいかない　不能不～

用來表示前面句子的行為**是不被允許的，或不能不允許的**。

〔動詞、い形容詞〕普通形＋わけにはいかない

〔名詞、な形容詞〕＋な＋わけにはいかない

・英語の授業で中国語を話す**わけにはいきません**。

　　在英語課裡，不能說中文。

・二度とあなたにお金を貸す**わけにはいきません**。

　　不能再第二次借你錢了。

・彼女が好きじゃないけど、仕事のことなので、手伝ってあげ**ないわけにはいかないです**。

　　雖然不喜歡她，但因為是公事，也不能不幫忙她。

❷ **はず和べき**

　　這兩個文法是很容易搞混的句型，因為中文都翻作「應該」，但「はず」是帶有**推測**的意味在內，而「べき」則是表示**義務上**的應該。

①はず　理應 N3

〔辭書形、た形〕＋はずだ

〔な形容詞＋な〕＋はずだ

〔名詞＋の〕＋はずだ

・日本語を 3 年間も習えば、ニュースの内容がわかる**はずです**。

日語如果學習個 3 年，應該可以理解新聞的內容。

・この時間はもう着いた**はずです**。　這時間應該到了。

・あの町は静か**なはずです**。　那個城鎮理應很安靜。

・見た感じ、まだ子供**のはずです**。

從看起來的感覺，應該還是個小孩。

②べき　應該 N3

〔Ⅰ和Ⅱ類動詞〕辭書形＋べきだ

〔Ⅲ類動詞する〕べきだ／すべきだ

・この件について、ご両親の意見も聞く**べきです**。

關於這件事情，應該聽聽您雙親的意見。

・学生だから、勉強**すべきです**。　是學生，就該讀書。

③べきではない　不應該 N3

・悪い友達の意見は聞く**べきではない**。　不應該聽取壞朋友的意見。

・学生は授業をサボる**べきではない**。　學生不該翹課。

⓭ ～たことがあります

① ～たことがあります　用來表示經驗

・わたしは富士山に登っ**たことがあります。**　　我爬過富士山。

・わたしは由布院に行っ**たことがあります。**　　我去過由布院。

「～たことがある」雖然可以用在描述一件事情的「經驗」。但是如果時間過近，比方像昨天、昨晚、上個禮拜、上個月等和這些表示時間距離現在很近的時間名詞一起使用，則不正確。因此，某個經歷是在很多年前，或者是曾經有過特殊經驗的時候，我們才會用「～たことがあります」的句型。另外，也不能用於平常就會有的日常生活經驗，比方說：吃飯、喝水、刷牙……**例如，「果物を食べたことがあります。」是一個奇怪的句子，除非你是真的從來都不吃水果的人，否則吃水果，算是「日常生活經驗」，因此並不適合用這種句型。**

・？昨日、寿司を食べた**ことがあります。**

・○ 五年前に、寿司を食べた**ことがあります。**　　5 年前有吃過壽司。

・× わたしはご飯を食べた**ことがあります。**

② ～ることがあります　有時候會這麼做

「～たことがあります」容易跟「～ることがあります」搞混，前者表示「經驗」，而後者則表示「有時候會這麼做」。例如：

・わたしは食堂で彼女とデート**したことがあります。**

我曾經在食堂跟女朋友約會。（表示經驗）

・わたしは食堂で彼女とデート**することがあります。**

我有時候會在食堂跟女朋友約會。（表示有時會做的事情）

⓮ 「辭書形＋前に」和「～時」

①辭書形＋前に

　　這個句型前面的動詞必須使用「辭書形」。初學者很容易因為這個動作發生與發話的時間點相比是在過去，例如：我「昨天」去公司之前，因為「昨天」的關係，就把「前に」前面的動詞時態變成了「過去式」。請記得，這一個句型前面的動詞不會是「た形」，只能是「辭書形」。

・出張<u>する</u>**前に**、スーツケースを買います。

　出差之前要先買行李箱

・日本に<u>来る</u>**前に**、日本語を習いました。　來日本之前學了日語。

・✕ 日本に<u>来た</u>**前に**日本語を習いました。

　　不能因為「來日本」的這件事情是發生在「過去」，就把動詞變為過去式喔！

②～時

　　請詳見 CH7「從屬句裡的時態」有詳細說明。

CHAPTER

16

文法大補帖

本章節裡為您整理了幾組看似簡單，但其實非常容易出錯的文法，例如：形式名詞「の」、「こと」的區分，複雜的「～よう」文法，還有「て形」用法的補充等，請千萬不要錯過唷！

❶ 常見的疑問詞和例句彙整

疑問詞	例文
何 *後面如果接「ですか」、「の」的時候，念「なん」。	A：これは**何**ですか。　這是什麼？ B：辞書です。　字典。
何	A：**何語**ができますか。　你會什麼語言？ B：英語ができます。　我會英語。
何人	A：ご家族は**何人**ですか。 　　您家裡有幾個人？ B：4人です。　4個人。
どちら （二擇一時使用）	A：**どちら**がいいですか。　這兩個哪個好？ B：**こちら**がいいです。　這個好。
どれ （三樣或以上擇一時使用）	A：**どれ**がいいですか。　這些哪個好？ B：**それ**がいいです。　那個好。
どの＋名詞	A：お父さんは**どの人**ですか。 　　你父親是哪位？ B：その男の人です。　是那個男人。

疑問詞	例文
どう	A：あの店は**どう**ですか。　　那間店如何？ B：まあまあです。　　普普通通。
どうやって	A：**どうやって**会社に行きますか。 　　如何去公司？ B：バイクで行きます。　　騎摩托車去。
いくら	A：**いくら**ですか。　　多少錢？ B：三百円です。　　300元。
いつ	A：**いつ**がいいですか。　　什麼時候比較好？ B：来週がいいです。　　下週比較好。
誰	A：あの人は**誰**ですか。　　那個人是誰？ B：同級生です。　　是同學。
どこ	A：**どこ**へ行きますか。　　要去哪裡呢？ B：ハワイに行きます。　　要去夏威夷。

❷ ～「疑問詞＋か」

　　「疑問詞」和「疑問詞＋か」最大的差異是「疑問詞＋か」是表示「不確定」的意思。

①誰が和誰か

・**誰が**来ましたか。→知道有人來，但不知道是誰。

・**誰か**来ましたか。 →不知道是否有人來。

②何か

　　醫生對於患者是不是有吃什麼東西，在患者回答前，醫生也不清楚，因此會用「何か」詢問。

・（吃壞肚子去看醫生。）

　　医者：**何か**食べたんですか。　是不是有吃什麼東西？

　　患者：はい、昨日魚を食べたんです。　沒錯，我昨天吃了魚。

③いつか

　　表示不確定什麼時候會再來，用「いつか」表示「總有一天」的意思。

・A：素晴らしい料理でしたね。　很棒的料理呢！

　　B：ええ、また**いつか**来ましょう。　改天再來吧！

④どこか

・天気がいいから、**どこか**行きましょう！

　　天氣很好，來去哪裡走走吧！

❸ので和から

　　「ので」意思類似「から」，都是「因為」，但「ので」是比較緩和及客觀的用法。若是在講自己犯錯、遲到等理由時，則不適合使用「から」，否則就會像是把事情都怪到某個人、事、物上，跟自己沒有關係，有推卸責任之嫌，像這樣的狀況則需使用「ので」。

・バスが遅れた**ので**、会議に間に合わなくてごめんなさい。

　因為巴士遲到了，所以沒有趕上會議，很抱歉。（這裡不能用「から」，

　不然就像把所有錯都怪到巴士，讓人有找藉口之感。）

◆**底下的句子則是針對某原因提出「請求」，此時也需使用「ので」**

・今日はちょっと頭が痛い**ので**、学校を休みたいです。

　今天頭有一點痛，想要跟學校請假。

・調子が悪い**ので**、早退させていただけないでしょうか。

　今天身體狀況不佳，可否讓我提早下班呢？

◆**接續於名詞和な形容詞之後，需要改爲なので**

・わたしは魚アレルギー**なので**、魚介類は食べません。

　我因為過敏，所以不吃海鮮及貝殼類。

・台北は交通が便利**なので**、車を持たなくてもいいです。

　台北因為交通便利，就算沒有自己的車子也沒關係。

◆**相反的，如果是語氣強烈的命令型、禁止型，則需用「から」**

・危ない**から**、行く**な**。　　因為很危險，不要去！

・危ない**から**、走っ**てはいけません**。　　因為很危險，不要跑！

❹〜で和て

　除了「〜ている」、「〜てください」和「て形＋補助動詞」之外，

其他「〜て〜」、「〜で」的用法。

①並列

・洗濯**して**、お皿を洗**って**、いろいろな家事をしました。

  洗衣服、洗碗，做了很多的家事。

・家の近くの図書館は、広**くて**新しいです。

  家裡附近的圖書館又大又新。

②動作的前後順序

・わたしは上着を脱**いで**、ハンガーにかけました。

  脫掉外衣，掛在衣架上。

・手を洗**って**、食事します。　洗手，然後吃飯。

③對比

・おじいさんは山へ行**って**、おばあさんは川へ行きました。

  老爺爺去山上，老婆婆則是去河邊。

・林さんは就職**して**、王さんは大学院に入りました。

  林先生去工作，王先生則是進入研究所就讀。

④附帶狀態

・マスクをつけ**て**運動するのは大変です。　戴口罩運動很辛苦。

・昨日は窓を開け**て**寝ました。　昨天開著窗戶睡覺。

・走**って**行きます。　用跑的去。

⑤**原因、理由**

・ソファーで寝**て**、体が痛くなりました。

　因為在沙發上面睡覺，身體變得很痛。

・赤ちゃんに泣かれ**て**、ぜんぜん寝られませんでした。

　被哭泣的嬰兒吵，完全沒睡。

・渋滞**で**遅れました。　因為塞車所以遲到了。

・大雪**で**、車が立ち往生した。　因為大雪，車子拋錨了。

❺ 形式名詞～「の」

　「の」除了用來連接名詞和名詞的用法如：「わたし**の**かばん」「父**の**会社」等，還有「形式名詞」的用法，作為形式名詞使用的「の」也有許多的用法如下：

① **取代名詞的用法**

・Ａ：この傘はあなた**の**ですか。　這隻傘是你的嗎？

　Ｂ：いいえ、わたし**の**じゃありません。　不是我的傘。

　以上的「の」取代了前面出現過的名詞「傘」。

② **「動詞＋の＋助詞」的用法**

　其他還有許多「の」＋「助詞」的用法，此時後面的助詞應該要選用哪一個，其實是依據後面的動詞來決定。

Ⓐ 〜のが　後面常接「〜好きだ、〜嫌いだ、〜上手だ、〜下手だ……」或「聞こえる、見える」等

・遠くの空が曇っている**のが**見えます。

　　看得見遠方的天空是烏雲密布的。

・あの二人が喧嘩している**のが**聞こえています。

　　聽得到那兩個人在吵架。

・主人は図書館に行く**のが**好きです。　　我先生喜歡去圖書館。

Ⓑ 〜のは　將「は」前面的敘述，透過「の」將其名詞化，變成一個主題或是主語來敘述或評價

・音楽を聞きながら、本を読む**のは**楽しいです。

　一邊聽音樂一邊看書很愉快。

・もう二度とあの人と会えない**のは**悲しいです。

　再也不能見到那個人的事，令人覺得很悲哀。

・一番びっくりした**のは**、あの有名な歌手はもう離婚したことです。　　覺得最令人驚訝的是，那個有名的歌手已經離婚的事情。

Ⓒ 〜のを後面加上本就需要受詞的動詞

・あんな危険なところへ行く**のを**やめましょう！

　不要再去那麼危險的地方了。

・面接に行く**のを**忘れました。　　忘記要去面試了。

・論文を出す**の**を忘れました。　忘記要交論文了。

・彼女がテレビに出た**の**を知っています。　知道她有上電視。

Ⓓ～のに後面常接「いい、早い、遅い、高い」等表達評價的形容，

或是花費金錢、時間的動詞「かかります」

辭書形＋のに

・この鞄はパソコンを入れる**のに**ちょうどいいです。

　這個皮包放電腦剛好。

・家から会社へ行く**のに**バイクが早いです。

　從家裡去公司，騎機車比較快。

・このビルを建てる**のに**３年かかりました。

　蓋這棟建築物花了３年。

・タブレットを修理する**のに**、8000 元かかりました。

　修理平板花了 8000 元。

＼ **ヒント！** ／

如果前面放的是名詞，那直接加「に」即可。

・この肉はしゃぶしゃぶ**に**使います。

　這個肉是要用在涮涮鍋。

❻ 形式名詞「の」和「こと」的混淆

先來說明日語學習一定會遇到的「形式名詞」是什麼呢？

形式名詞是普通名詞相對的概念，並無具體代表物品或人、事，而是放在形容詞或動詞後面，讓動詞或形容詞能夠具體化成為名詞，而「の」、「こと」就具備這樣的功能。

相信每位日語學習者，遇到用「の」、「こと」構成的形式名詞時，就會開始猶豫這時候該使用哪個呢？這兩者都是放在形容詞或者是動詞後面，可以作為名詞給動詞修飾或是形容詞修飾來當成「主語」（底線處），例如「食事のあと、1時間歩く【の、こと】がわたしの日課だ。」；或是當受詞（底線處）使用「両親は妹から連絡がない【の、こと】を心配している。」。有可以互相交替使用的狀況，但也有無法交替使用的狀況，所以對學習者來說是容易混淆的。

①用「の」的情況

◆表示跟知覺活動的對象

跟視覺有關的動詞		見る（看）、眺める（眺望）、見える（看得到）
跟聽覺有關的動詞	の	聞く（聽）、聞こえる（聽得到）
身體感覺有關的動詞		感じる（感受）

◆**表示向對方施以動作或影響**

動詞：手伝う、助ける、邪魔する、止める、待つ等……

・あなたが来る**の**をずっと**待っていました**よ。

　我一直在等你來喔！

・わたしは友達が引っ越しする**の**を**手伝って**あげるつもりです。

　我打算幫朋友搬家。

◆**當成主題使用**

當成主題來使用時，只能用「の＋は」（底線處是句子主題）。

・お皿を割った**のは**わたしです。　　打破杯子的是我。

・弟を殴った**のは**僕です。　　毆打弟弟的是我。

②用「こと」的情況

◆**語言上用來敘述內容的動詞**

跟語言有關的	～ことを	伝える（傳達）、話す（說）、頼む（拜託）、書く（寫）、祈る（祈求）

・無事に出張先に到着したことを母に**伝えました**。

　跟媽媽說我已經平安到達出差地。

・心配^{しんぱい}していることを彼氏^{かれし}に**話^{はな}しました**。

把自己擔心的事情跟男朋友說。

◆與思考活動有關的動詞：考^{かんが}える、思う

・娘^{むすめ}が来月^{らいげつ}から一人^{ひとり}で留学^{りゅうがく}する**こと**を**思^{おも}う**と、心配^{しんぱい}でたまらないです。

一想到女兒下個月開始就要一個人去留學的事情，就擔心的不得了。

の	こと
・和身體知覺有關的 ・對對方施以動作 ・表達主題	・語言上的動詞 ・跟思考活動有關的動詞
「の」的慣用句	**「こと」的慣用句**
〜のが好^すき／嫌^{きら}いだ 〜のがいい 〜のが一番^{いちばん}だ 〜のが早^{はや}い／遅^{おそ}い 〜のが必要^{ひつよう}だ	〜たことがある 〜ることができる 〜ことにする 〜ことにしている 〜ことになる 〜ことになっている

❼ 形式名詞：ところ

「ところ」原本是表示地方的名詞，表示「場所」的用法，「ところ」亦有擔任抽象的「形式名詞」的功能，在句子中扮演文法角色，也可以表達「狀態」與「性質」。或與動詞的「〜る」、「〜ている」、「〜た」搭配，用於表達動作不同的階段，這裡的「ところ」已經失去了原來的意思。以下是三種表示動作不同階段的用法：

① 辭書形＋ところ　將要進行某動作

・お風呂に**入るところ**です。

　　正打算要洗澡（打算要洗澡，還沒開始洗）。

・今、学校へ**行くところ**です。　正要去學校（正要去學校還未去）。

② 〜ている＋ところ　正在進行某動作

・お風呂に**入っているところ**です。　現在正在洗澡。

・ご飯を**食べているところ**です。　現在正在吃飯。

③ 〜た＋ところ　剛做完某事

・お風呂に**入ったところ**です。　剛洗完澡。

・バスを**降りたところ**です。　剛下公車。

＼　もっと！／

此部分可以待稍有餘裕時，再回頭來學習喔！

〜たところ、〜た

「〜ところ、〜た」因某種目的去做某動作，**偶然發現**後面的事情。

句意和「〜たら、〜た（過去式）」相同。

・事務所（じむしょ）へ行（い）っ**たところ**、誰（だれ）もいな**かった**。

　去了辦公室，結果誰都不在。

・友達（ともだち）の家（いえ）を訪（たず）ね**たところ**、留守（るす）**だった**。

　去拜訪了朋友的家，結果不在家。

＼　ヒント！／

　與「ところ」搭配的必須是「有意志的動詞」，不能與「落ちる」「死ぬ」這類非意志的動詞併用。

　例如：✕ 落ちているところ；✕ 死んでいるところ。

❽ 縮約形

　　世界上的語言都是朝著簡單化的方向前進的，在口語的使用中有許多「縮約形」，就像中文我們常常會把「這樣子」變成「醬子」，日語裡也有這樣的現象。

① 〜なきゃ

　　「なきゃ」是「なければなりません」的縮約形。表示非做〜不可的強烈語氣。

・<ruby>早<rt>はや</rt></ruby>く<ruby>行<rt>い</rt></ruby>か**なきゃ**：<ruby>早<rt>はや</rt></ruby>く<ruby>行<rt>い</rt></ruby>かなければなりません→

　<ruby>早<rt>はや</rt></ruby>く<ruby>行<rt>い</rt></ruby>か**なきゃ**。　　不快點去不行。

變化如下：

◆<ruby>行<rt>い</rt></ruby>かなければなりません→<ruby>行<rt>い</rt></ruby>かなきゃ

◆しなければなりません→しなきゃ

◆<ruby>急<rt>いそ</rt></ruby>がなければなりません→<ruby>急<rt>いそ</rt></ruby>がなきゃ

・<ruby>時間<rt>じかん</rt></ruby>がない。<ruby>急<rt>いそ</rt></ruby>が**なきゃ**。　　沒時間了。得快點。

・<ruby>部長<rt>ぶちょう</rt></ruby>にそのことを<ruby>報告<rt>ほうこく</rt></ruby>し**なきゃ**。　　得跟部長報告那件事情。

② 〜ちゃだめだ

　　「〜ちゃだめだ」是「〜てはいけない」的縮約形。表示禁止做某行為的強烈語氣。

◆<ruby>食<rt>た</rt></ruby>べ**ちゃだめだ**：<ruby>食<rt>た</rt></ruby>べてはいけません→<ruby>食<rt>た</rt></ruby>べ**ちゃだめだ**

　可不行吃喔！

・そのケーキ、食べ**ちゃだめ**だよ。　那蛋糕不能吃喔！

・入っ**ちゃだめ**だ。　不能進去！

③〜とく

◆買っとく：買っておく→買っとく　事先買好

◆洗っとく：洗っておく→洗っとく　事先洗好

◆言っとく：言っておく→言っとく　先説好了

④〜ちゃう、じゃう

◆食べてしまう：食べてしまう→食べちゃう　吃掉了

◆言ってしまう：言ってしまう→言っちゃう　不小心説了

◆飲んでしまう：飲んでしまう→飲んじゃう　喝光了

◆死んでしまう：死んでしまう→死んじゃう　死掉了

❾ 各種「よう」的用法

　　各種「〜よう」的用法，一直是學習者很容易混淆的地方，其實，我自己是學生的時候，也覺得好多好接近的用法，令我覺得很苦惱呢！今天整理一下幾種「よう」的用法給您。

①〜ようだ　好像〜用來敍述話者說話當時，用身體五感而做的判斷 **N4**

〔い形容詞、動詞普通形＋ようだ〕／〔な形容詞＋な＋
ようだ〕／〔名詞のようだ〕

・教室の中に誰かいる**ようです**。　教室裡好像有誰在裡面。

・風邪を引いた**ようです**。　感覺感冒了。

・あの子は野菜が嫌いな**ようです**。　那孩子好像討厭蔬菜。

・外は雪の**ようです**。　外面好像是下雪了。

②〜のような、〜のように　像〜；宛如

N1のようなN2　名詞1呈現與名詞2相同的狀態，中文常譯作：
「像〜」。
〔Nのように＋動詞、形容詞〕／〔Nのような＋名詞〕

・妹はドイツ語が得意です。ドイツ人**のように**話せます。

妹妹擅長德語，能夠像德國人一般的說話。

・彼の家は公園**のように**綺麗です。　他家像公園一樣漂亮。

・息子は犬**のような**可愛い目をしています。

兒子有著像小狗一般可愛的眼睛。

・このビルは船**のような**形をしています。

這棟大樓有跟船一般的外型。

③ 〜る形＋ように、ない形＋ように　爲了（不）〜而〜 **N4**

　　　　　動詞辭書形、可能形、否定形＋ように　前面常接非意志動詞

・バスに間に合う**ように**、早く出かけました。

　　為了趕上巴士，早點出門了。

・子供が食べられる**ように**、小さく切りました。

　　為了小孩也能食用，切成小小塊的。

・二度と太らない**ように**、一生懸命運動します。

　　為了不要再變胖，拼命的運動。

・将来、お金に困らない**ように**、節約しています。

　　為了將來不要為金錢苦惱而節約。

・病気にならない**ように**、食事に気をつけています。

　　為了不要生病，對於飲食很小心。

④ 〜のように／〜のような　舉出代表性的例子，中譯：「〜像〜」 **N3**

　　　　　N1 のような＋N2／N1 のように＋動詞

・わたしは静子さん**のように**なりたいです。

　我想要變成像靜子小姐那樣的人。

・わたしはスキーの**ような**激しいスポーツはできません。

　我不會像滑雪這麼激烈的運動。

ヒント！

　②的「ような」、「ように」，以中文而言是指「N1 像（宛如）N2」，也就是說：N1 約等於 N2；而④則是表達 N1 是 N2 裡的一種，選擇 N1 作為 N2 的代表。

⑤〜ように言う、〜ように言われる　傳達他人的指示、命令、建議等的內容 **N3**

〔辭書形、ない形〕＋ように言う、言われる

・母に部屋を掃除する**ように言われました**。　被媽媽說要整理房間。

・お医者さんにたばこを吸わない**ように言われました**。

被醫生提醒不要抽煙。

⑥〜ようになる　變成〜。表達從原本不會・不行的狀態演變成會、可以的狀態 **N4**

〔辭書形、ない形、可能形〕＋ようになる

・息子は山葵が食べられる**ようになりました**。

兒子變得敢吃山葵了。

・最近、日本語のニュースの内容がわかる**ようになりました**。

最近變得能理解日語新聞的內容了。

・二十歳になって、お酒が飲める**ようになりました**。

二十歳了，可以喝酒了。

⑦ ～ようにする　爲了～而努力 Ⓝ4

〔辭書形、ない形〕＋ようにする

・これから毎日日本語を勉強する**ようにします**。

從現在開始會每天念日語。

・英語で話す**ようにしましょう**。　　讓我們用英文說話吧！

・授業に二度と遅れない**ようにします**。　　努力不要再上課遲到。

⑧ ～ようにしている　爲了～習慣化，而持續了一陣子的努力 Ⓝ4

〔辭書形、ない形〕＋ようにしている

・健康のために、野菜をたくさん食べる**ようにしています**。

為了健康，一直努力吃很多的蔬菜。

・ちゃんと貯金する**ようにしています**。　　一直都有好好儲蓄。

・毎日祖母に電話する**ようにしています**。

一直有每天打電話給外婆的習慣。

ヒント！

「～ことにしている」是指某行為已經幾乎已經習慣化了，而「～ようにしている」則是還未完全習慣化，目前還處於努力的階段喔！

❿ 表示程度與比較的句型

① **～より～のほうが　比起～更～ N4**

　　名詞１＋より＋名詞２＋のほうが

　　ほう是指「方面」，亦即在兩個人事物比較之後，選擇了「這一方」的意思。

・わたし**より**、彼女<ruby>かのじょ</ruby>**のほうが**素敵<ruby>すてき</ruby>です。　她比我更棒。

・東京<ruby>とうきょう</ruby>**より**、京都<ruby>きょうと</ruby>**のほうが**好<ruby>す</ruby>きです。　比起東京，我更喜歡京都。

② **～ほど　……的程度；……得令人 N3**

　　〔辭書形＋ほど〕／〔動詞ない形＋ほど〕／

　　〔名詞＋ほど〕

・頭<ruby>あたま</ruby>が死<ruby>し</ruby>ぬ**ほど**痛<ruby>いた</ruby>いです。　頭跟快要死掉一樣的痛。

・言<ruby>い</ruby>いたいことは山<ruby>やま</ruby>**ほど**あります。　有千言萬語想說。

・この料理は涙が出る**ほど**辛いです。

這個料理，幾乎讓人快要飆出眼淚的辣。

③ **〜ほど〜ない　沒那麼……** N3

〔名詞＋ほど〜ない〕／〔動詞普通形＋ほど〜ない〕

表示前者沒達到後者的程度。

・新竹は台北**ほど**便利じゃ**ないです**。

新竹不像台北這麼方便。

・父**ほど**厳しい人は**いないです**。

沒有像爸爸這麼嚴屬的人。

④ **〜ば〜ほど〜　越〜越〜** N3

動詞假定形＋（れ）ば〜辭書形＋ほど

・食べ**れば**食べる**ほど**おいしいです。　越吃越好吃。

・この本は読め**ば**読む**ほど**おもしろいと思います。

我認為這本書越讀越有趣。

CHAPTER

17

初、中階重要
句型彙整複習篇

利用本單元複習 N4 到 N3 的重要句型吧！至於其他 N5 的相關句型，可以掃描 QRcode 到小狸日語的官網閱讀！

❶ 〜が自動詞　某（人、事、物）呈現某狀態 N4

・テレビが壊れました。　　電視壞了。

・木が倒れました。　　樹倒了。

❷ 名詞ができます　會（某事） N4

・わたしは日本語ができます。　　我會日語。

・息子はピアノができます。　　兒子會彈鋼琴。

❸ 〜までに　在〜之前 N4

　　　時間點＋までに

・参加したい人は、明日までに連絡してください。

　想參加的人，請在明天之前聯絡。

・大晦日までに、実家に帰ります。

　在除夕前，會回老家。

❹ ～まで　到～為止 **N4**

時間點＋まで

・家の近くでは、明日の５時までマラソン大会があります。

家裡附近到明天的五點有舉辦馬拉松大賽。

・締め切りは今日までです。　截止日是到今天。

❺ 名詞になる（なります）、な形容詞になる（なります）　變成～ **N4**

・大人になりました。　變成大人了。

・綺麗になります。　會變漂亮。

❻ い形容詞＋去い＋くなる（なります）　變成～ **N4**

・寒くなりました。　變冷了。

・暑くなりました。　變熱了。

❼ ～を～にしてください　使成為～狀態 **N4**

・携帯をマナーモードにしてください。　請把手機切換為靜音模式。

・家を綺麗にしてください。　請把家裡打掃乾淨。

❽ ～たい　想做某事～

- アイスクリームを食べ**たい**です。　想吃冰淇淋。

- アニメを見**たい**です。　想看動漫。

❾ ～んですが、～てください　因為～請～

「～んですが、てください」是自己向他人提出請求時的客氣說法，
更有禮貌的說法是「～んですが、～ていただけませんか」喔！

普通形＋んです／な形容詞、名詞＋なんです

- 使い方がわからない**んですが**、教え**てください**。

我不清楚使用的方法，請教我。

- 場所がわからない**んですが**、地図を書い**ていただけませんか**。

我不清楚位置，可以請您幫忙畫地圖嗎？

❿ ～は～がいいです　～的話，～是最好的

這種句型裡的「は」用來說明主題，而「が」則有排他的功能，亦
即其他不好，就某個最好的意思。

- 空港**は**電車で行くの**が**いいです。　去機場的話，搭電車比較好。

- 晩ご飯**は**ステーキ**が**いいです。　晚餐吃牛排比較好。

⓫ ～のに　明明～卻～ N4

用來表示逆接，表示和一般認知的情況相反。

〔動詞、い形容詞普通形＋のに〕／〔名詞、な形容詞＋なのに〕

・日曜日^{にちよう び}なのに、授業^{じゅぎょう}があります。　明明是禮拜天，卻有課。

・雨^{あめ}なのに、子供^{こ ども}たちは外^{そと}で遊^{あそ}んでいます。

明明是下雨，孩子們卻在外面遊戲。

⓬ ～か～かと～　是，還是～ N4

表示兩者擇一，後面常接「迷う」、「わからない」、「心配する」等動詞。

意向形＋か、意向形＋かと～

・お寿司^{す し}にしようか、蕎麦^{そ ば}にしようかと迷^{まよ}いますね。

該吃壽司好，還是該吃蕎麥麵好，真令人猶豫呢！

・電車^{でんしゃ}で行^いこうか、バイクで行^いこうかと迷^{まよ}っています。

該搭電車去好，還是騎機車去好，真令人猶豫。

⓭ ～という　叫做～，用來提示聽者或話者不熟悉的事物

　　　N1 という N2

・「癖」という字は「くせ」と読みます。

　「癖好」這個字念作「ku.se」。

・『鬼滅の刃』という漫画が好きです。

　我喜歡一部叫做《鬼滅之刃》的漫畫。

⓮ ～ずにはいられない／～ないではいられない　不能不；不由自主

地……用於內心無法克制地想做某一件事時

　　　V-~~ない~~＋ずにはいられない／V- ないではいられない

・このアニメはとてもおもしろくて、笑わずにはいられません。

　這個動漫實在是非常有趣，沒辦法不笑出來。

・わたしは毎朝紅茶を飲まないではいられません。

　每天早上都忍不住要喝紅茶。

・好きな台湾風の唐揚げを見るたびに、買わずにはいられません。

　每次看到喜歡的鹽酥雞時，都忍不住想買。

⓯ ～てしょうがない　非常～，已到了無法忍耐的地步，前面接表示心情或是身體狀態的詞彙 N3

〔動詞て形、い形容詞 - くて〕／〔な形容詞＋で＋しょうがない〕

・昨日、一晩 中 残業しました。今は、眠く**てしょうがないです**。

　昨晚加班了一整個晚上，現在想睡得不得了。

・冬の空気が乾燥しているので、喉が乾い**てしょうがないです**。

　冬天的空氣很乾燥，非常的渴。

・家族に会いたく**てしょうがない**です。　非常想見到家人。

⓰ ～てたまらない　難以忍受，前面接說話者的情感感覺等詞，用於說話者身體、心情難以抑制某種情感或感覺 N3

〔い形容詞 - くて＋たまらない〕／〔な形容詞＋でたまらない〕

・外はうるさく**てたまらない**です。　外面吵得不得了。

・海鮮を食べてから、体がかゆ**くてたまらない**です。

　吃完海鮮之後，全身癢得受不了。

・彼女は仕事が嫌**でたまらない**ようです。　她好像非常討厭工作。

・あと一点で合格できたのに。残念**でしょうがない**です。

明明再多一分就能及格，非常的遺憾。

⑰ 〜たとたんに　在 A 〜之後，就立即發生了 B 〜。B 不能為意志性動詞

た形＋とたん（に）

・教室を出**たとたんに**、雨が降り出した。

一步出教室，突然就下起雨來。

・試験開始のベルが鳴っ**たとたんに**、教室が静かになりました。

開始考試的鈴聲一響起，教室就變得安靜了。

⑱ 〜がちだ　動不動；老是用於表示某行為、某狀態容易發生，通常用於不好的傾向

V-ます／名詞＋がち

・休み**がちです**。　動不動就休假。

・病気**がちです**。　動不動就生病。

・忘れ**がちです**。　健忘。

⑲ だらけ　充満了、滿是。常接於不好的事物或狀態後面 N3

　　　名詞＋だらけ

・ゴミ**だらけ**の部屋。　滿是垃圾的房間。

・血**だらけ**の人。　滿身是血的人。

⑳ ～方　方法 N4

　　　V-ます＋方

・書き**方**　寫法

・使い**方**　使用方法

・作り**方**　做法

㉑ ～中　正在～。接於名詞後面 N4

・散歩**中**　散步中

・運動**中**　運動中

・故障**中**　故障中

㉒ ～中　一整個～接於名詞後面 N4

・会社**中**　一整間公司　　・世界**中**　整個世界

・一日**中**　整天

㉓ ～気味 有～的感覺 N3

V-ます＋気味／名詞＋気味

・最近はちょっと太り**気味**です。　總覺得最近好像有一點變胖。

・今日はちょっと疲れ**気味**です。　今天總覺得有一點累。

・ちょっと風邪**気味**です。　好像有一點感冒。

㉔ ～っぽい 帶有～感覺；～帶有～傾向。用來敘述人事物的性質，常用於不好的事物 N3

V-ます／名詞＋っぽい

・油っ**ぽい**　油膩的

・怒りっ**ぽい**　容易生氣的

・安っ**ぽい**　感覺便宜的

㉕ ～っぱなし 以～狀態就～常用於不好的狀態 N3

V-ます＋っぱなし

・昨日、電気をつけ**っぱなし**で寝ました。　昨天開著燈睡著了。

・窓を開け**っぱなし**で、出かけました。　開著窗就外出了。

㉖ ～向き　適合某族群；朝向～方位 N3

　　名詞＋向き

・高尾山は低い山で、初心者**向き**のコースです。

　　高尾山是低矮的山，適合初學者的路徑。

・南**向き**の家が好きです。　喜歡朝南的房子。

㉗ ～向け　專為某對象而設計的～ N3

　　名詞＋向け

・これは高齢者**向け**の携帯です。　這是為高齡者設計的手機。

・これは子供**向け**の映画です。　這是為小孩設計的電影。

㉘ ～っけ　是不是～來著啊？常用於曾聽過、做過但忘記的事情上 N3

　　〔動詞た形〕＋っけ／〔い形容詞〕＋かったっけ／

　　〔な形容詞、名詞〕＋だっけ

・あの人の名前は鈴木さん**だっけ**？　那個人的名字叫做鈴木嗎？

・期末テストはいつ**だっけ**？　期末考試是什麼時候？

・朝ごはん、食べ**たっけ**？　早餐吃過了嗎？

㉙ ～はずだ　理應 N3

　　用來表示推測，表示說話者對於事態掌握度高，但也並非百分之百
肯定。

　　　　〔い形容詞、動詞普通形＋はずだ〕／〔な形容詞＋な＋

　　　　はずだ〕／〔名詞＋の＋はずだ〕

・鈴木さんは今日また事務所に戻る**はず**です。

　鈴木先生今天應該還會再回到辦公室裡面。

・会議は３時**のはず**ですが、まだ誰も来ていません。

　會議照理說是３點，可是誰都還沒有來。

㉚ うちに　趁著～ N3

　　　　〔名詞＋の＋うちに〕／〔ない形、辭書形＋うちに〕／

　　　　〔な形容詞＋な＋うちに〕

・留学**のうちに**、観光名所にたくさん行きたいです。

　趁著留學，想去很多觀光名勝。

・暗くならない**うちに**、帰りましょう！

　趁著天還沒暗，趕快回家吧！

・赤ちゃんが寝ている**うちに**、家事をします。

　趁著小嬰兒還在睡覺的時候做家事。

・元気なうちに、ヨーロッパに行きたいです。

趁著身體還好的時候，想要去歐洲。

㉛ ～からといって　雖說～但～，表示逆接 N3

動詞、い形容詞普通形＋からといって

名詞、な形容詞＋だからといって

・試験が終わったからといって、漫画ばかり読んではだめです。

雖說考完試了也不能光看漫畫。

・忙しいからといって、電話くらいしてください。

雖說很忙，好歹也打個電話來。

・暑いからといって、一日中クーラーをつけてはいけないです。

雖然說很熱，也不能一整天開著冷氣。

㉜ ～とは限らない　不一定；未必～ N3

〔い形容詞、動詞〕普通形＋とは限らない／〔な形容詞、

名詞だ〕普通形＋とは限らない

＊な形容詞、名詞的「だ」常被省略

・成績のいい学生でも将来幸せになれるとは限らないです。

成績好的學生，並不代表將來一定會幸福。

・大企業だからといって、給料がいい**とは限らない**です。

雖說是大企業，未必薪水就好。

・高い店でも、おいしい**とは限らない**です。　貴的店也未必好吃。

❸❸ 〜たびに　每次〜都〜，表示每逢〜的時候，都會〜 N3

〜辭書形＋たびに

・会う**たびに**、同じ昔話を聞かされるのは嫌です。

每次見面都會被迫聽相同的往事，覺得很討厭。

・わたしは外国旅行に行く**たびに**、その土地のお土産を買います。

我每次去外國旅行的時候都會買當地的特產。

・『タイタニック』という映画を見る**たびに**、学生時代のことを
思い出します。

每次看《鐵達尼號》這部電影時，都會回想起學生時代的事情。

❸❹ 〜おかげ　托〜的福；多虧了〜才能〜。用於好的事情上面 N3

〔動詞、い形容詞普通形＋おかげ〕／

〔な形容詞＋な＋おかげ〕／〔名詞＋の＋おかげ〕

・先生の**おかげで**、日本語が話せるようになりました。

多虧了老師，我變得能說日語了。

・同僚が手伝ってくれた**おかげで**、仕事を早く終わらせた。

多虧了同事幫忙，才能夠讓工作早點做完。

㉟ ～せい 都是因為～，用於結果不好的事情上面 **N3**

〔動詞普通形＋せい〕／〔い形容詞＋せい〕／

〔な形容詞＋な＋せい〕／〔名詞＋の＋せい〕

・新しい靴で散歩した**せいで**足が痛いです。

因為穿著新鞋子散步的緣故，腳很痛。

・エアコンが古い**せいで**、電気代はいつも高いです。

由於舊冷氣的關係，電費老是很貴。

㊱ ～しかない 只能～；只有～。　除了目前的方法之外，別無他法，
多含有無可奈何的心情在內 **N3**

辭書形＋しかない／名詞＋しかない

・日本語能力試験まで、あと一か月。もっと頑張る**しかない**です。

離日文檢定還剩一個月，只能更努力了。

・今日は本の締め切りです。もっと書きたいですが、原稿を提
出する**しかない**です。

今天是書的截稿日，雖然還想再多寫一點，但也只能交稿了。

・みんなが来<ruby>られる<rt>こ</rt></ruby>のは、<ruby>今週<rt>こんしゅう</rt></ruby>の<ruby>土曜日<rt>どようび</rt></ruby>**しかありません**。

大家能夠來的時間，只有本週六了。

❸❼ 〜とおり　正如同〜。　用於表達和所說過的內容，所預測的內容一樣時 N3

〔辭書形＋とおりだ（とおりに）〕／〔た形＋とおりだ
（とおりに）〕／〔名詞＋の＋とおりだ（とおりに）〕
／〔名詞＋どおりだ〕

・わたしが<ruby>言<rt>い</rt></ruby>う**とおりに**、やってみてください。

請按照我所說的這樣，做做看。

・<ruby>説明書<rt>せつめいしょ</rt></ruby>に<ruby>書<rt>か</rt></ruby>いてある**とおりに**、<ruby>組<rt>く</rt></ruby>み<ruby>立<rt>た</rt></ruby>てたら、<ruby>本棚<rt>ほんだな</rt></ruby>がすぐでき

ました。　如同說明書所寫，來組合，書架立刻就做好了。

・あいつは<ruby>本当<rt>ほんとう</rt></ruby>に<ruby>性格<rt>せいかく</rt></ruby>が<ruby>悪<rt>わる</rt></ruby>いんです。<ruby>噂<rt>うわさ</rt></ruby>**どおりです**。

那傢伙的個性真的很差。就如同流言所聽到的那樣。

❸❽ ～かわりに　取代～而～，照道理說應該是～卻使用了取代方案時

〔辭書形、た形、ない形＋かわりに〕／〔名詞＋の＋かわりに〕／〔名詞＋にかわって〕／〔名詞＋にかわり〕

・今日、わたしは食事会があります。わたしの**かわりに**、主人が子供に晩ご飯を作ります。

　　今天由於我有餐會，所以老公代替我煮晚餐給小孩吃。

・残業中の母の**かわりに**、わたしが食材を用意します。

　　今天由我取代加班中的媽媽來準備食材。

・留学中の妹**にかわって**、先生にご挨拶させていただきます。

　　由我來代替留學中的妹妹，來跟老師您問好。

〈全書完〉

延伸學習：小狸日語官網

小狸日語【觀念文法書】

暢銷新版：最大量的句型彙整、文法辨析練習、音檔強化記憶，帶你從 N5、N4 到 N3，直擊文法核心概念

作　　　者／王心怡
審　　　訂／賴怡真、関口直美
插　　　畫／彭仁謙

責任編輯／林欣儀、劉子韻
美術編輯／劉曜徵

總　編　輯／賈俊國
副總編輯／蘇士尹
行銷企畫／張莉滎 · 蕭羽猜

發　行　人／何飛鵬
法律顧問／元禾法律事務所王子文律師
出　　　版／布克文化出版事業部
　　　　　　115 台北市南港區昆陽街 16 號 4 樓
　　　　　　電話：(02)2500-7008　傳真：(02)2500-7579
　　　　　　Email：sbooker.service@cite.com.tw
發　　　行／英屬蓋曼群島商家庭傳媒股份有限公司城邦分公司
　　　　　　115 台北市南港區昆陽街 16 號 8 樓
　　　　　　書虫客服服務專線：(02)2500-7718；2500-7719
　　　　　　24 小時傳真專線：(02)2500-1990；2500-1991
　　　　　　劃撥帳號：19863813；戶名：書虫股份有限公司
　　　　　　讀者服務信箱：service@readingclub.com.tw
香港發行所／城邦（香港）出版集團有限公司
　　　　　　香港九龍土瓜灣土瓜灣道 86 號順聯工業大廈 6 樓 A 室
　　　　　　電話：+852-2508-6231　　傳真：+852-2578-9337
　　　　　　Email：hkcite@biznetvigator.com
馬新發行所／城邦（馬新）出版集團 Cité (M) Sdn. Bhd.
　　　　　　41, Jalan Radin Anum, Bandar Baru Sri Petaling,
　　　　　　57000 Kuala Lumpur, Malaysia
　　　　　　電話：+603- 9056-3833　　傳真：+603- 9057-6622
　　　　　　Email：services@cite.my
印　　　刷／卡樂彩色製版印刷有限公司
初　　　版／2022 年 6 月
二　　　版／2025 年 1 月
定　　　價／550 元
ISBN ／ 978-626-7518-74-8（平裝）
EISBN ／ 978-626-7518-70-0（EPUB）

城邦讀書花園
www.cite.com.tw

布克文化